Cl
(1940-1960)

CP

Castalia Prima

DIRECTORES:

Manuel Camarero y Fernando Carratalá

1. Alarcón, Clarín, Galdós, Pereda, Valera: CUENTOS, *ed. de Kepa Osoro Iturbe.* 2. EL ROMANCERO, *ed. de José María Legido.* 3. Alejandro Casona: LA DAMA DEL ALBA, *ed. de Fernando Doménech Rico.* 4. CUENTOS DE LA EDAD MEDIA, *ed. de José Antonio Pinel.* 5. POESÍA ROMÁNTICA, *ed. de Rafael Balbín.* 6. Cervantes, García Lorca: DOS RETABLOS Y UN RETABLILLO, *ed. de Ana Herrero Riopérez.* 7. POESÍA DE LOS SIGLOS DE ORO, *ed. de Arcadio López-Casanova.* 8. Benito Pérez Galdós: MARIANELA, *ed. de Magdalena Aguinaga.* 9. Lope de Vega: EL PERRO DEL HORTELANO, *ed. de Paula Barral*

FRANCISCO AYALA • CAMILO JOSÉ CELA • MIGUEL DELIBES • IGNACIO ALDECOA • CARMEN MARTÍN GAITE • ANA MARÍA MATUTE

CUENTOS (1940-1960)

The Last Supper. El club de los mesías. La conferencia. «Chico de Madrid». La chica de abajo. La isla

---

Edición a cargo de Jesús Arribas

CASTALIA PRIMA

Zurbano, 39 - 28010 Madrid - Tel.: 91 319 89 40 - Fax: 91 310 24 42
Página web: http://www.castalia.es

Ilustración de cubierta: Antonio Muñoz Degrain: *Inundación*

Impreso en España - Printed in Spain

I.S.B.N.: 84-7039-877-6
Depósito Legal: M-30.144-2000

Índice

Presentación

Los cuentos de esta breve antología han sido escritos por autores que pertenecen a tres generaciones distintas: Francisco Ayala (1906) representa a la generación de la República; Camilo José Cela (1916) puede ser considerado como perteneciente a la generación del 36; y Miguel Delibes (1920), Ignacio Aldecoa (1925-1969), Carmen Martín Gaite (1925) y Ana María Matute (1926) forman parte de la generación del medio siglo o del 50. Todos ellos han atravesado el periodo que se denomina posguerra y durante él han consolidado su carrera literaria.

Si exceptuamos a Aldecoa, muerto muy pronto aunque nunca olvidado, los otros cinco autores son hoy parte inapreciable de nuestros clásicos «en activo».

Un tiempo atroz: la posguerra

La Guerra Civil (1936-1939) produjo heridas muy profundas en la sociedad española, muchas de las cuales siguieron abiertas durante la posguerra. El hambre, la pobreza y la emigración, la represión política y el aislamiento internacional, el exilio y la censura fueron signos de una realidad dramática que fue disimulándose paulatinamente bajo la capa protectora del «desarrollismo» iniciado a finales de los 50.

Un recorrido selectivo por la peripecia vital de nuestros seis autores nos proporciona datos relevantes para entender aquella época. Ayala, como otros muchos españoles, estuvo desterrado hasta 1960. Su obra literaria, como la de otros escritores de la «España peregrina», llegó con dificultad al público y apenas era conocida antes de que se promulgase la Ley de Prensa de 1963, que permitió cierto grado de apertura en el panorama de la literatura y la cultura en general.

Cela comenzó a tener problemas con la censura desde la publicación en 1942 de su primera novela, *La familia de Pascual Duarte*. Años más tarde, en 1951, tuvo que buscar editor en Buenos Aires para *La colmena*.

La independencia de criterio de Delibes, cuando fue director del periódico *El Norte de Castilla*, le llevó a chocar con las ideas del gobierno en materia de prensa y, finalmente, a ser destituido.

Aldecoa, Matute y Martín Gaite representan a la generación de universitarios de los años 40 que tuvieron que abrirse paso con dificultad en un escenario con referentes culturales muy pobres. Encontraron la salida del túnel en el cultivo de la amistad y de cierta complicidad cultural entre ellos, la avidez de lectura, las primeras publicaciones en revistas, y en el recurso a los premios literarios de prestigio, menos condicionados por el mercado editorial que en la actualidad.

Las tendencias literarias

Desde la publicación del cuento de Cela, *El club de los mesías* (1943), hasta *La isla* (1961), de Ana María Matute, transcurre un periodo de casi dos décadas. Si ampliamos este periodo razonablemente eligiendo dos fechas significativas (1939-1962), podemos fijar un marco para estudiar las principales tendencias literarias de la posguerra en los distintos géneros.

La poesía

Cuando terminó la Guerra Civil, los referentes de la poesía más próximos para las nuevas generaciones de poetas se habían convertido, en su mayoría, en realidades de tragedia: García Lorca y Machado muertos; Juan Ramón, León Felipe, Salinas, Guillén, Alberti y Cernuda en el exilio; Miguel Hernández en la cárcel. Sin embargo, la poesía encontró cauces para seguir fluyendo. El poeta Dámaso Alonso acuñó el binomio «arraigada-desarraigada» para referirse a dos tendencias de la poesía de los años 40: poetas que anteponían los valores estéticos de la expresión (Rosales, Panero, Vivanco, etc.), frente a los que prefirieron declarar su incomodidad con la realidad y su sentimiento existencial (Dámaso Alonso, Blas de Otero, Gabriel Celaya, etc.).

Había revivido, además, la estética vanguardista y surrealista del periodo anterior en el grupo de la revista *Postismo*, de la mano de Carlos Edmundo de Ory y Eduardo Chicharro. Y otro grupo, el de la revista *Cántico*, con Pablo García Baena y Ricardo Molina como principales mentores, había vuelto a conectar con la estética modernista y los poetas del 27.

En los años 50, procedentes de la «poesía desarraigada», surgieron los poetas sociales (Blas de Otero, Celaya, José Hierro, etc.), que no constituyeron un grupo pero convirtieron, cada uno por su lado, la realidad y el tema de España en los motivos principales de sus poemas.

En esa misma década comienzan a publicar los jóvenes «Poetas del 50», que se consagran como grupo en la década siguiente: Claudio Rodríguez, Ángel González, Gil de Biedma, Carlos Barral, etc. Estos poetas hicieron girar su poesía hacia la experiencia personal, el «compromiso moral» con los temas y la recuperación de la expresión culta. Hoy son ya la generación de los viejos maestros para todas las promociones posteriores.

El teatro

Al desmantelamiento de la red de compañías y salas teatrales provocado por la guerra, se sumaron en los años 40 otros problemas, como la censura y la competencia del cine. Años más tarde, nuevos problemas añadidos a aquéllos, tales como la aparición de la televisión, el aumento del costo en los montajes y la especulación inmobiliaria presionando sobre las salas consagraron «la crisis» como concepto permanente cuando se habla de teatro.

Apenas es posible hablar de movimientos en el teatro español de posguerrra, aislado de las corrientes culturales europeas casi hasta finales de los 50. Pero sí se pueden señalar ciertas tendencias y algunos hitos relevantes.

El tradicionalismo, el folclorismo y la exaltación de lo nacional llenaron la escena en los primeros años 40. Pero en 1949 ya se produjo el milagro del estreno de *Historia de una escalera*, de Buero Vallejo.

Durante la década de los 50, triunfaba en los escenarios comerciales el género de la comedia, en sus tres variantes: *neobenaventiana* (inspirada en el teatro burgués de Benavente), *de evasión* y *de humor* (esta última, muy influenciada por el humor de la revista *La codorniz*). Pero también habían empezado a actuar grupos de teatro alternativo: Teatro de Cámara y Ensayo, Teatro Español Universitario (TEU), etc. El estreno en 1952 de *Tres sombreros de copa*, de Miguel Mihura, por una compañía del TEU es una muestra de cómo empezaban a comunicarse entre sí las dos redes teatrales.

El teatro de Alfonso Sastre, de honda preocupación por lo social, y el de Buero Vallejo, más próximo a los problemas existenciales, han hecho posible que desde nuestra perspectiva podamos hablar hoy de un teatro del *realismo social y existencial* en los años 50 y 60. Este teatro de gran calidad fue el origen de una *Generación realista* (Lauro Olmo, Rodríguez Méndez, Martín Recuerda, etc.) que se las vio y deseó para poder estrenar sus obras y mantenerlas en cartel. Lo que triunfaba por entonces en los escenarios comerciales eran las comedias de evasión de Alfonso Paso y las obras de Alejandro Casona, promocionado por el régimen de Franco en reconocimiento por su vuelta del exilio.

Ya en los años 60 comienza a desarrollarse el teatro experimental. Por su parte, la red de teatros nacionales abre los escenarios a las obras de los autores europeos, a las primeras representaciones de Lorca y al descubrimiento de Valle-Inclán. Sin embargo, el teatro-espectáculo, siempre bajo vigilancia, no encuentra su normalidad hasta 1976.

La narrativa

a) La novela

La fórmula realista predominó en la producción novelística durante las dos décadas que van desde *La familia de Pascual*

Duarte hasta la aparición en 1962 de *Tiempo de silencio*, de Luis Martín Santos, que abrió el género a la renovación formal. A la novela le correspondió, en buena parte, recorrer un campo que los medios de comunicación (prensa, radio, cine documental, la televisión incipiente) tenían vedado: el del testimonio de la vida real desde la perspectiva social. Era, no obstante, muy fuerte el influjo de Baroja, que seguía publicando, y el aprecio de los novelistas del realismo tradicional (Zunzunegui, Agustí, Torrente Ballester, Gironella, etc.), notarios de la decadencia burguesa en sus historias.

Tres novelas de los años 40 (la ya citada de Cela; *Nada*, de Carmen Laforet y *La sombra del ciprés es alargada*, de Delibes) fueron el mejor exponente de la *novela existencialista*, que reflejaba el inconformismo de los personajes con la realidad antagónica.

Ya en los comienzos de los 50, la novela aplicó la fórmula realista a la descripción de la sociedad española: las diferencias sociales, los oficios, la emigración, la despoblación del medio rural, el desarraigo de las grandes ciudades, etc. A las dos novelas iniciales del *neorrealismo* (*La colmena*, de Cela, y *La noria*, de Luis Romero), siguieron las de autores de la *Generación de medio siglo*, que incorporaban nuevas técnicas aprendidas en la lectura de los novelistas extranjeros. A los nombres de Aldecoa, Martín Gaite y Matute, presentes en esta antología, hay que sumar los de Caballero Bonald, Jesús Fernández Santos, Benet, Sánchez Ferlosio, García Hortelano, Juan Goytisolo, etcétera.

Común a las dos promociones de los años 40 y 50 fue la adopción del *relato de viaje* como fórmula narrativa aplicada a la constatación de la realidad, como si se tratara del objetivo de una cámara: *Viaje a la Alcarria* (1948), de Cela, y *Campos de Níjar* (1960), de Juan Goytisolo, son dos títulos representativos del comienzo y el final de esta tendencia.

b) El cuento

El cuento ha sido considerado un género menor frente a la novela, injustamente según Pardo Bazán, quien advertía que «no todos los grandes novelistas son capaces de formar con maestría un cuento». Durante el periodo que estudiamos, el cuento adquirió relevancia especial como género, a pesar de la desatención de los grandes editores. Desde el comienzo de la posguerra, se leían en tertulias y en las reuniones culturales de los colegios mayores, se publicaban en revistas y periódicos (*Arriba, Juventud, El Español, Vértice, El Escorial,* etc.) y, por fin, terminaban apareciendo reunidos en libro, publicados por editoriales de segunda fila con escaso poder de difusión. En la década de los 50, acogieron el cuento en sus páginas *Ínsula, Índice, Ateneo, La Hora* y *La Estafeta Literaria* entre otras revistas. Premios literarios como Sésamo, Leopoldo Alas y Hucha de Oro ayudaron a consolidar el prestigio de muchos autores.

La corriente realista que predominaba en la novela llegó también al cuento. El relato fabulístico de corte idealista dejó paso a otro de carácter ético, que reflejaba los problemas cotidianos y denunciaba las injusticias sociales mediante un lenguaje coloquial en los diálogos y la descripción de ambientes nada fantasiosos.

A los autores presentes en esta breve antología, habría que añadir muchos nombres, sobre todo, los de Medardo Fraile, Jesús Fernández Santos, Juan García Hortelano y Francisco García Pavón, que elevaron con sus relatos la estimación que se tenía del género.

Francisco Ayala

The Last Supper[1]

1 La Última Cena.

Ocultos y extrañísimos son los caminos de la Providencia. ¿Quién hubiera podido imaginar dónde y cómo iban a encontrarse ahora, al cabo del tiempo, aquellas dos antiguas amigas que, desde los años del colegio, allá en Europa, no se veían, ni siquiera habían vuelto a saber una de otra?... ¿Quién le hubiera dicho a la señora Trude, cuando, apremiada por incoercible necesidad, irrumpió en este bar-restaurante tras haber vacilado ante el vestíbulo de un cine, una cafetería y las escaleras del subterráneo (*troppo tarde*[2] ya, ¡ay!, para regresar al hotel); cuando, en fin, pasó de largo, con sus tacones cansados, pero muy digna, ante el mostrador, quién le hubiera dicho a esta dama...?

En aquel momento la pobre sólo tenía ojos para anhelar, a derecha e izquierda, en la fresca oscuridad del local, el consabido *Women (Ladies,*[3] acaso, con un poco de suerte); hasta que, por último, descubrió al fondo *Men,*[4] y al ladito mismo, gracias a Dios, la entrada gemela. Puede imaginarse cuán impetuosamente empujó la puerta y cómo despreciando el sórdido lavabo, se precipitó sobre la segunda puertecita, o más bien mampara, para encontrarse allí, *oh, malheur*!,[5] en vez de la ansiada *privacy,*[6] la

[2] *demasiado tarde* (italiano). [3] *Servicio de mujeres.* [4] *Servicio de hombres.* [5] *¡Maldición!* (francés). [6] *intimidad.*

mirada furibunda de otra señora que, instalada majestuosamente, repelía con ademán perentorio el asalto de quien así osaba perturbarla en la beata posesión de lo que por derecho de primer ocupante venía disfrutando.

Mas la comprensible consternación ocasionada por este nuevo e imprevisto obstáculo hubo de ceder pronto en doña Trude a una grande, a una enorme sorpresa. Sólo a medias entendió las injurias de la otra; pues he aquí que —aparte de tener el inglés enmohecido todavía por el largo desuso—, ¡ufa!, aquella energúmena ¿no era...?; aquella cara abotargada bajo el sombrerito de flores malva, ¿no era la de Sara Gross, hecha, claro está, la corrección debida al paso de los años?

—¿Eres tú..., *Are you*[7] Sara Gross?

Lo era, ¡cómo no! Con increíble celeridad la expresión de la ira había cedido en la imprevista Sara al asombro, y ahora (*Lieber Gott!*),[8] desde su inmundo sitial, le tendía cordialmente ambos brazos:

—¡Trude!

Mientras que en ésta parecía ceder su terrible apuro y darle tregua en homenaje a la antigua amistad.

—¡Qué sorpresa! —dijo; alargó la mano a su compañera de colegio, como si quisiera ayudarle a levantarse (estaba gorda la Sarita); volvió a exclamar—: ¿Tú Sara? —agregó otras cuantas frases de alborozo y, luego sensatamente—: Oye, querida: si has terminado, hazme el favor, hijita, y perdona, *please*.[9]

[7] *¿Es usted...?* [8] *¡Dios Santo!* (alemán). [9] *por favor*. La utilización de expresiones de diferentes lenguas es aquí una fórmula narrativa para aportar significación de «cosmopolitismo superficial».

Un rato después estaban sentadas ambas en un rincón del mismo bar degustando sendas coca-colas, y se reían de la pequeñez del mundo, de sus casualidades.

—¡Venirse a encontrar ahí, precisamente en aquel sitio —ponderaba Trude—, el día mismo de su llegada a Nueva York!

Se preguntaba cuánto tiempo hacía que no se habían visto. Y miraba a su amiga de adolescencia, a la gritona y vaga y vivísima Sara Gross, que ahora se había puesto tan gorda y que estaba, quién lo hubiera adivinado, en América.

—Pero si tú lo sabías, Trude, que nosotros nos vinimos para acá poco después de casarme, hace ya lo menos veinte años.

«¡A tiempo! —pensó Trude—, ¡vivísima siempre!»; y dijo:

—Es verdad, ahora me acuerdo; pero, hijita, son tantas y tales las cosas ocurridas allá, en Europa, desde entonces...

Bueno, más valía dejar eso; era demasiado penoso. «Además —pensaba Trude— durante ese tiempo tú has estado aquí dándote buena vida, y así se te ve de lustrosa».

—Dejemos eso, querida; hablemos de cosas menos tristes. Es cierto que tú te casaste, y luego... Bueno, pues al cabo del tiempo volvemos a reunirnos a este lado del Atlántico.

Y pasó a informarla —con su gran locuacidad, sus ojillos vivaces y sus manos inquietas— de que habían llegado aquella mañana misma ella y Bruno, su marido, procedentes de la Argentina.

—Sí, esta misma mañana, al amanecer, veíamos por vez primera la famosa estatua de la Libertad. Y en seguida, caramba, tropezar contigo. ¿No es fantástico?

La informó luego de que habían pasado varios años en Buenos Aires y, antes, en La Habana.

—Desde el cuarenta y tres estamos a este lado del charco. Un montón de años ya en este dichoso continente. Demasiados, ¿no? Pero, mira qué quieres que te diga: cada vez que recuerdo aquel *cauchemar*[10] pienso que, a pesar de todo, el *New World...*[11]

No podía quejarse, lo reconocía. Ahora, Bruno y ella venían a probar los Estados Unidos. Si las cosas salían aquí como antes en Cuba y luego en la Argentina... Sonrió, frotándose las manos. Lo de Argentina, como lo de Cuba, quedaba organizado y en marcha: cosa de darse una vuelta por allí de vez en cuando. Trude explicó a su amiga que Bruno —¡ya lo conocerás, chica!— era formidable. El negocio había sido por completo idea suya: él descubrió la fórmula del producto, él atinó maravillosamente con la marca, y él había montado la propaganda y distribución con plena eficacia. Tres aciertos combinados, la triple llave del éxito; aunque ella, ¿por qué negarlo?, le había secundado en forma decisiva. Ahora, sin pérdida de momento, a patentar la marca e introducir aquí el producto. ¿Que qué producto era? Sonrió:

—Pues verás, hija mía; se trata de un raticida infalible; de veras, sí, de veras infalible; en eso está la base sólida del negocio, en el secreto industrial de la fórmula... Sin cuentos: allí donde se rociaba *La última cena,* a la mañana

[10] *pesadilla* (francés). [11] *Nuevo Mundo...*, se refiere a América.

siguiente amanecían patas arriba cuantas ratas y ratones... —se interrumpió y, con una sombra de inquietud, preguntó a su amiga—: ¿Qué te parece la marca, di? ¿Entrará bien aquí en los Estados Unidos? Tú, que conoces el país, ¿qué te parece? *The Last Supper.* En Latinoamérica, eso fue maravilloso.

Sin aguardar respuesta (Sara Gross se había concentrado para meditar sobre el caso, entornados los gruesos párpados sobre su botella de coca-cola), sin aguardar el dictamen, Trude afirmó que esa marca había sido un gran hallazgo de Bruno, tan importante casi, o tal vez más, que la fórmula del producto mismo.

—Trata de visualizar la caja de cartón, redonda, con *La última cena* de Leonardo, en colores. Arriba la etiqueta sola, y las instrucciones en la parte interior de la tapa. Un hallazgo te lo aseguro. Y, como tantas veces, fruto de la pura casualidad, por lo menos en parte. Verás: fue cuando los muy salvajes bombardearon Milano y se dio por perdida, ¿te acuerdas?, la célebre obra de Da Vinci,[12] que a Bruno le vino la idea. Él es un gran *amateur*;[13] un espíritu exquisito (ya lo conocerás), y su indignación no tuvo límites. Para las cosas de la cultura es una fiera Bruno; un verdadero fanático. En fin, pensó: «¿Ellos destruyeron *La última cena*? Pues yo haré que esa pintura llegue a todas partes, se grabe para siempre en todas las imaginaciones...». Ni yo misma supe, durante varios días, lo que estaba urdiendo. Como ves, su propósito era, ante todo, de reivindicación artística. Coincidió con la

[12] Leonardo da Vinci pintó el famoso fresco *La Cena* (1495-1497) para el refectorio de Santa Maria delle Grazie, Milán. [13] *aficionado* (francés).

oportunidad de patentar el matarratas, y resultó luego que la marca encerraba enorme valor publicitario. Date cuenta: para empezar, es un motivo artístico lleno de nobleza; luego, constituye una frase acuñada, que quién no recuerda; y, para colmo, alude sutilmente a los efectos mortíferos (infalibles, te juro) que produce la ingestión de los polvos.

Sara asentía, cada vez más convencida. Pronunciaba, susurraba casi, saboreando entre sus labios pesados, relucientes de pintura: *The Last Supper, The Last Supper,* y cada vez le gustaba más.

—En Sudamérica —continuó Trude— eso ha marchado de lo mejor: el negocio es allá firmísimo. Hasta (¿podrás creerlo?, ya tú sabes cómo son aquellas gentes), hasta tuvimos la *chance*[14] de que, en un momento dado, se puso de moda suicidarse con nuestro producto. Figúrate la publicidad gratuita cada vez que los periódicos informaban: «Ingiriendo una fuerte dosis de *La última cena,* puso anoche fin a su vida...».

Ambas amigas sonrieron, llenas de comprensión irónica: las pobres criadas suicidándose por contrariedades amorosas con una fuerte dosis de *La última cena...* Sonreían. Y ahora Trude se concedió una pausa para, cortésmente, inquirir a su vez sobre la vida de Sara.

Después de haber trotado el día entero se estaba bien ahí charlando con la vieja amiga en aquel rincón apacible y fresco. Pero la otra no lo permitió:

—No, no, ya habrá tiempo; nuestra existencia ha sido bastante insípida; ya vendrán ustedes a casa, y habrá

[14] *suerte.*

tiempo de todo; ahora háblame más de ti. Todavía no me has contado nada de las cosas de *allá.*

Trude no quería ni acordarse de las cosas de allá.

—¿Para qué volver sobre tales horrores? Procuro borrarlo todo de la memoria, es lo mejor. Quien no lo ha pasado, no puede imaginarse. El pobre Bruno (figúrate, un espíritu tan refinado, una verdadera alma de artista) tuvo que conocer hasta la experiencia del campo de concentración. Sí, casi un año se pasó en el *Konzentrationlager*[15] (allí fue donde, cavilando y observando, y con ayuda de una curiosa casualidad, dio con la fórmula del raticida). El hombre que vale, por nada se amilana. ¡Qué días amargos, pobre Bruno! En cuanto a mí, ¿qué voy a contarte, hijita? Ahora, pasado el tiempo, me extraña, me parece una pesadilla, y casi me da risa. Sí, tan absurdo y tan grotesco fue todo, que me produce una risa fría; es como el recuerdo de un sueño bufo que ha torturado a una horriblemente, pero que, al final, no es nada. Un mal sueño. ¿Podrás creerme si te digo, omitiendo otros detalles, que hasta me hicieron recorrer a cuatro patas y con un bozal en la cara todo el Paseo Central, nuestro paseo de los domingos, te acuerdas, hasta dar la vuelta al Parque?

—¿A ti, querida? —exclamó Sara tomándole las manos, que se le habían puesto temblonas.

Pero Trude, excitada ya, agregó en voz muy alta:

—Y la infamia peor fue obligar a mi niño...

Se quedó cortada. Sara la miraba con los ojillos más redondos que nunca. Le preguntó, por fin:

—Entonces, ¿tienes un hijo?

[15] *Campo de concentración* (alemán).

—Lo tenía —consiguió articular Trude.

Pero ya se había descompuesto, ya no le salían más palabras, gesticulaba en vano. Y Sara, que la observaba con alarma, vio cómo, por último, abría enorme la boca, igual que un perro, y rompía a llorar, a hipar, a sollozar, a ladrar casi.

Consternadísima, Sara Gross oprimió el brazo de su amiga, le tomó la mano.

—Vamos, vamos, serénate, querida, cálmate; la gente va a darse cuenta; tranquilízate, Trude —la exhortó—. Vamos, no hay que pensar más en esas cosas. ¡Ea!, ya pasó, ¿no? Yo tuve la culpa, tonta de mí, por preguntarte; pero ya pasó —le oprimía bondadosamente la mano.

Trude se contuvo, secó sus ojos enrojecidos y sonrió:

—Perdona, Sara; ya pasó.

Ya había pasado.

—Sí, querida, no hay que volver la vista atrás; lo pasado, pasado está. Hablemos de lo porvenir, de ustedes, de lo que vamos a hacer, ahora que estamos juntas de nuevo, aquí en Nueva York.

—Sí, tienes razón —reconoció Trude—. Lo pasado, pasado está. ¿Para qué, si ya aquello no tiene remedio? Hay que seguir viviendo. Perdóname, Sara. Decías que irá bien como marca *The Last Supper* para este país...

(1953)

Francisco Ayala

Caricatura de
Camilo José
Cela

Miguel Delibes y su mujer Ángeles

Camilo José Cela

El club de los mesías

Juanito Ortiz Rebollado, socio del casino, un día que estaba medio bebido empezó a contar aquello del Brasil que tanto gustaba a don Anselmo.

Los viejos de tierra firme —el registrador, el boticario, el cura— le miraban con la boca abierta, con los ojos espantados por la admiración. Para ellos, Juanito Ortiz Rebollado era lo más que se podía ser.

Los viejos marinos...

Juanito empezó así:

I

Cuando me echaron del Brasil diciéndome que si no salía en el primer barco que zarpase de Santos me metían en la cárcel, el Clair de la lune,[1] sucio, caliente y resoplante como una criada negra, me descargó en Miami, en la dorada Miami.

En Norteamérica no conocía a nadie (mis primos los Coffin no cuentan, porque ya por entonces no querían ni

[1] El barco lleva como nombre una expresión francesa tópica y hasta cursi: «Claro de luna».

saludarme); pero me consolaba pensando que, verdaderamente, mucho peor hubiera sido que el Clair de la lune hubiera hecho el viaje al África del Sur o a la Tierra del Fuego o a las islas Spitzberg. El consuelo depende de la voluntad.

Al poner pie en tierra no tenía ni una peseta, y ahora, al acordarme del trabajo que me costó ganar el primer dólar, pienso con pena en aquel dulce olor a café que en la bodega del Clair de la lune se me pegó a la ropa y en los buenos cuartos que ahora podría hacer dejándome lamer por los desesperados bebedores de malta[2] y otras porquerías.

Pero, bueno, ¡qué le vamos a hacer! El tiempo pasó, las noches que dormí al raso y las carreras en pelo que me daban los policemen[3] cuando robaba plátanos en los cercados, acabaron por aventar aquel alimenticio aroma que despedían mi chaqueta y mi camiseta, y hoy, después de tantos años, lo mejor es ya ni acordarse de aquello.

¡En diez años que han pasado, ustedes calcularán la cantidad de veces que puede cambiar de olor la chaqueta de un hombre de acción! ¡Y la cantidad de veces que un hombre de acción puede cambiar de chaqueta!

Desembarqué al atardecer. El Clair de la lune había atracado por la mañana temprano, a eso de las nueve, pero cuando quise saltar a tierra, un señor vestido de blanco que había en la aduana no debió encontrarme lo bastante apto para codearme con los ciudadanos de la Unión[4] y me dijo, de muy malos modos, por cierto, que allí no me bajaba.

[2] whisky. [3] policías. [4] USA (Estados Unidos).

Yo me defendí, como es natural; le dije que a ver qué se había creído, que yo no era ni chino ni negro, etc., etc.; pero el señor de la aduana se limitó a cambiar de postura, a coger el puro entre los dientes y a hacer una seña a un policeman que estaba al lado de él y que parecía un boxeador.

El hombre me cogió por el cuello, igual que cogen los porteros de los cabarets a los señoritos borrachos, y me puso en la pasarela. Como las intenciones eran claras y como, con la pinta de burro que tenía, lo mejor parecía no provocarle, pensé que lo más sabio fuera estarse quieto y no rechistar y tiré para arriba, haciendo como que estaba más azarado y más corrido que una mona. La procesión iba por dentro, porque bien sabe Dios que si hubiera asomado aunque no fuera más que una punta, aquel bárbaro me desloma.

En el Clair de la lune no fue bien acogida mi vuelta. No les había podido pagar todo el pasaje y me miraban con ese mirar homicida que dedican a los polizones los capitanes de cargo; esa[5] mirada que no se olvida en la vida y que mismamente[6] parece decir las intenciones.

A los capitanes de cargo, lo que más rabia les da es no poder echar al agua a los que se cuelan. A esa agua sucia y como grasienta de los puertos americanos, bajo cuya superficie se adivinan los nadares siniestros del tiburón o de la manta...

¡No nos pongamos románticos!

[5] La repetición del deíctico «ese», «esa» ayuda a crear la imagen tópica del emigrante que conocemos por las películas americanas antiguas. [6] La expresión «mismamente» es familiar. Sumada a otras, incluso vulgares, definen al personaje-narrador.

Le prometí solemnemente al capitán (un irlandés más borracho que Baco, y tan traidor, por lo menos, como don Oppas)[7] que a la caída del sol intentaría pasar otra vez a tierra, a ver si tenía más suerte, y bajé a la cocina a lavar cazuelas o atizar la lumbre para que a la hora de la comida el cocinero no se olvidase de mí.

Cuando llegó la tarde me despedí del cocinero, que, ¡cosa rara!, no se había portado demasiado mal conmigo, y anduve dando tumbos por la borda atracada hasta que, aburrido de mirar para el muelle, donde el políceman que me había echado —u otro muy parecido— seguía plantado más tieso que un pino, me lié la manta a la cabeza (es un decir), hice en el nombre del Padre, del Hijo y del Espíritu Santo, Amén (esto de verdad) y me tiré al agua por la banda de afuera.

Recuerdo que el chapuzón me causó una impresión macabra, porque me recordó el chapoteo de las mantas cuando asoman a la superficie, pero como era buen nadador, como la ropa no me estorbaba, porque no llevaba más que la que a la vista aparecía, y como la pacotilla[8] tan pobre era que la sostenía en la boca atada con un pañuelo, pronto llegué a los botes que allí estaban medio inundados para que se hinchasen, y pronto también me desapareció el temor.

Como no tenía reloj, no sé el tiempo que tardaría en achicar[9] el bote, pero para mí que no debieron ser menos de las cinco o seis horas.

[7] La doble comparación se establece con personajes arquetípicos: Baco, dios de la vendimia; y don Oppas, el obispo traidor de la leyenda de don Rodrigo. [8] La «pacotilla» era el equipaje que el marinero tenía derecho a embarcar gratis. [9] sacar el agua.

Cuando estuvo a punto elegí un sitio de la bahía que me pareció a propósito y bogando a popa y con un solo remo para no hacer demasiado ruido, allí me acerqué para acabar de una buena vez.

No sé si Cristóbal Colón habrá sentido la satisfacción que yo sentí al tocar el suelo. Imaginar a los Estados Unidos tan grandes, al policeman tan chico y a la policía brasileña tan lejos, me causó un momento de tal felicidad que difícilmente lo olvidaré en los días de mi vida.

Me desnudé para ayudar a la ropa a secarse y me senté, como Adán en el Paraíso Terrenal, sólo que con más frío, sobre una piedra.

Enfrente, el Clair de la lune, medio descargado ya, enseñaba su roja línea de flotación...

La luna estaba en el cielo, el policeman en el muelle y el tiburón en el mar.[10]

II

A veces es un peligro tener la conciencia tranquila. La preocupación aleja los sueños y evita el que le roben a uno la ropa.

Cuando me desperté de madrugada, con más tos que una oveja y más frío que un palúdico, vi con tristeza que en el país del oro había alguien aún más pobre y miserable que yo.

Doy mi palabra de honor de que no sé qué me causó más honda pena, si la desgracia de quien me llevó la

[10] Este último párrafo funciona como síntesis descriptiva de intención ingenuista.

ropa (que muy mal vestido tenía que andar) o la certeza de no ser ya el único atorrante[11] en la lujosa Miami.

Pasó algún tiempo, el sol extendió su blonda cabellera, etc.,[12] y yo, con una mano delante y otra detrás (¡ustedes comprenderán que algo tenía que hacer!), me dirigí con paso presuroso hacia el chalet más próximo.

El chalet se llamaba My Cottage.[13]

Llamé al timbre, un golpecito seco para poder volver la mano a su honesta misión, y esperé. Al cabo de un rato me abrieron.

Probablemente mi aspecto no debiera tener mucho de tranquilizador, pero es probable también que la cosa no fuera tan grave como para producir un desmayo.

La señora se dio un golpe criminal contra el suelo. Traté de reanimarla, vino un señor que debía ser el marido, dos niños, una niña, una criada...

Yo al principio volví a mi posición de una mano delante y otra detrás; pero después, cuando la señora volvió en sí y todos me acosaban como si fuera un perro rabioso, me arrimé a la pared y me defendí con la mano que me quedaba libre, porque pensé que no era cosa de dejarse aspar[14] como un San Sebastián.

Como el poco inglés que sabía era distinto del de aquella familia y no había manera de que nos entendiésemos, y como ya me estaban cargando con tanto grito y tanto bastonazo, en cuanto tuve ocasión y el dueño me arrimó la cara, le arreé un lapo[15] a un lado que le hice escupir las muelas y quién sabe si la mitad de la lengua, y

[11] vagabundo. [12] Alusión sincopada a la descripción del amanecer tan repetida en la literatura clásica. [13] Mi Casita. [14] martirizar. [15] bofetada.

que fue la señal que esperábamos todos para tranquilizarnos.

Al señor se lo llevaron a rastras escaleras arriba y a mí me echaron un pantalón que me venía un poco estrecho, pero que me servía para tapar mis carnes pecadoras.

Ya con las manos libres pensé que lo más prudente sería no tentar a la Divina Providencia y marcharme de My Cottage, y sin pararme demasiado a discurrir (cosa que siempre me había dado mal resultado), cogí una gabardina que había encima de una silla, me la eché sobre los hombros y salí a la calle por la misma puerta por donde había entrado.

Eso de que las viejas tienen el corazón tierno debe ser cosa de la anciana Europa.

Lo digo porque más debiera parecer el aspecto que llevaba digno de lástima y compasión que de achucharme perros, niños y policías, como no obstante las viejas de aquel pueblo se divertían en hacer.

La carrera que me dieron desde que la emprendieron conmigo hasta que me metí de cabeza en aquella capilla evangélica, es algo cuyo recuerdo me sobresalta.

La santidad del lugar calmó los ímpetus de la multitud; el pastor me llamó hijo suyo y me dio una taza de té; su mujer me cosió el pantalón que, con los saltos que me hicieron pegar, se había rasgado y dejaba al aire partes hechas para estar tapadas, y yo, vayan ustedes a saber por qué lejana asociación de ideas, pensé en aquel momento en mi infancia pastoril y en aquella vaquita blanca y negra que tenían mis padres.

Momentos de flaqueza, ¿quién no los tiene?

El pastor soltó desde el púlpito un hermoso sermón, que la mujer (que se lo debía tener aprendido de memoria) me fue repitiendo en la cocina, y la patulea[16] de mis perseguidores fue calmándose poco a poco, hasta que algo más entretenido que perseguir a un extranjero con el pantalón roto les distrajo, ¡loados sean los cielos!, su atención.

El pastor se reunió con nosotros (con su mujer y conmigo), y me dijo algo así como: de buena te has librado, muchacho, ¡si llegas a ser negro!, a lo que yo no me acuerdo qué le contesté, aunque sí sé que algo parecido a un: no, señor; gracias a Dios soy de Betanzos. La Coruña, España.

Me preguntó después por mis proyectos, y cuando le dije que la única ilusión de mi vida era no volverme a tropezar con los guardias brasileños, me empezó a hablar de las altezas de miras y demás zarandajas, para acabar tratándome de catequizar en la doctrina de su secta: una secta que no era tal secta, según él decía, sino la base de la futura prosperidad espiritual y material de la humanidad.

Como los europeos y los asiáticos somos los únicos mortales que tenemos abuelos conocidos, a mí siempre me olieron un poco a timo esos específicos de los norteamericanos. ¡Qué quieren ustedes!

No es que uno sea una monja de la caridad, ni mucho menos; pero por lo menos, los españoles y los chinos, los franceses y los japoneses, y los italianos y los indios, cuando no sabemos ya qué resolver ni con quién meternos, nos fastidiamos y nos aguantamos, pero no nos dedicamos a fundar religiones.

Les estoy hablando a ustedes en serio.

16 muchedumbre.

Pues bien: el pastor, como me viera un poco reacio a apuntarme como socio fundador en su secta, apeló a hablarme de una cooperativa donde los asociados podían comprar con la garantía de sus bienes futuros, si no los tenían presentes, y aunque al principio la idea no me parecía demasiado pura, después pensé que Dios me perdonaría alimentarme de lo que pudiese y le dije que bueno, que me apuntase.

Hubo algunas pequeñas dificultades para darme el carnet de la cooperativa; pero, al final, acabaron dándomelo con fotografía y todo.

El pastor me llevó a la Philanthropic Society[17] y quedé iniciado en mi nueva idea.

Allí me encontré con el dueño de My Cottage, que me dijo muy fino que le perdonase, que no sabía nada de nuestra comunidad de pensamientos; con el policeman que me había agarrado del cuello y con el señor vestido de blanco que se lo había mandado, quienes me dijeron algo parecido; con la vieja que iniciara mi persecución; con un jovencito flaco y barbilindo que, titubeando, me entregó un paquete con la ropa que me había robado en la playa y una tarjeta que decía:

JOHN UNDERPETTICOAT[18]

se avergüenza ante nuestro profeta Louis Hatchway de haber dejado en cueros a su hermano;

con la señora a quien desmayó mi aparición...

[17] Sociedad Filantrópica. En este caso, como en el «My Cottage», el autor ha recurrido para la denominación a lo más obvio y genérico. [18] Alguna intención humorística puede haber en el apellido, que puede traducirse como «Debajo de las enaguas».

Era verdaderamente ejemplar aquella solidaridad.

Un paisano que me encontré entre los hermanos (Modesto Loureiro, de Chantada, Lugo) me dijo que los turistas llamaban despectivamente El Club de los mesías a la Philanthropic, y el hombre estaba tan indignado cuando me lo decía, que por nada del mundo me hubiera atrevido a contradecirle.

Le dije a Modesto que me presentase a las fuerzas vivas, porque Miami, aunque ustedes se crean lo contrario, es un pueblo donde el alcalde —como en todas partes— se cree el ombligo del mundo, y el hombre, que era más gallego que el obispo Gelmírez,[19] me dijo que vivas, lo que se dice realmente vivas, no había allí más fuerza que las que momentos antes había saludado.

No insistí, no por nada, sino porque veía que iba a dar lo mismo, y dirigí mis pasos hacia un grupito donde había un par de hermosas muchachas. Me quedé espantado cuando les oí hablar de Ibsen[20] con la irreverencia con que lo hacían. En aquel tiempo en que el demonio de los viajes se había acomodado en mi corazón, ¿cómo no vibrar de ira al sentir menospreciado al glorioso descubridor del Polo Sur?

Les dije que en mi presencia, hasta entonces, nadie había osado hablar mal de Ibsen, ni de Amundsen, ni de Walter Scott,[21] y, como por arte de birlibirloque, se guar-

[19] Diego Gelmírez fue arzobispo de Santiago (1070? – 1140), canciller de los condes de Galicia, don Raimundo de Borgoña y doña Urraca, y más tarde defensor de los derechos de Alfonso VII al trono de Galicia. [20] Henrik Ibsen fue un famoso dramaturgo noruego (1828-1906), autor, entre otras obras, de *Casa de muñecas*. Nuestro personaje lo confunde con Amunsend, también noruego, quien llegó el primero al Polo Sur en diciembre de 1911. [21] El novelista escocés Walter Scott (1771-1832) es confundido con Robert Scott, que lle-

daron sus necesidades para mejor ocasión. ¿Habráse visto?

Un vejete que estaba en la tertulia y que aseguraba, con un énfasis impertinente, que tenía un tío francés, metió baza en la conversación y tuvo la bastante habilidad de ir derivando las cosas lejos de Ibsen —punto que nadie, en mi presencia, se atrevió jamás a tocar— para acabar llegando, después de dar muchos tumbos, a las varias definiciones que, según él, había dado la humanidad— ¡cómo si no tuviera la humanidad cosas más importantes que hacer! —del concepto de dignidad.

El hombre hablaba y hablaba como un verdadero diputado por Marsella o por Saint-Etienne, y como decía cosas que yo no entendía, pero que me parecían contrarias a las buenas costumbres, le interrumpí de sopetón y le dije que se callase, que ya había dicho bastantes sandeces.

El sobrino del francés me dijo que le deletrease eso de sandeces, que no creía haber oído bien, pero cuando yo acabé de decirle vocalizando lo mejor que pude,

F-O-L-L-Y,[22]

empezó a gesticular, a decirme que yo no conocía la corrección, que era un torero ambulante y un inadaptado, un tránsfuga del pensamiento y un hermano indigno; cosas que si le aguanté fue por la mucha gracia que me hicieron.

---

gó al Polo Sur un mes más tarde que Amundsen. Esta acumulación de equívocos ayuda también a crear indirectamente el retrato de Juanito Ortiz Rebolledo. [22] Necedad, locura.

Cuando la calma le fue volviendo, se brindó a reanudar la conversación, pero puso como condición previa para hablar conmigo de aquellos asuntos, el que me comportase con dignidad.

Yo nunca he pretendido tener ideas originales sobre la dignidad, aunque siempre he pensado que fuera virtud para barrigas llenas. El caso es que, casi sin pensarlo, le solté un largo espich[23] hablándole de lo que me iba saliendo, espich que tuvo una gran acogida y que terminó con un: ¿me exigís dignidad?, ¡dadme dinero!, a modo de broche, que fue muy celebrado.

En aquel momento me acordé de aquel sabio griego, me parece que fue Isósceles, cuando decía al Senado: ¿queréis que mueva la Tierra? ¿Sí? ¡Pues dadme un punto de apoyo![24]

Sentí que la grandeza del pensamiento y la elegancia de la actitud que en aquellos momentos poseía, corrían parejas con la beldad de Dafnis y Cloe[25] o con la honradez de Cosme y Damián.[26]

¡Loado sea Dios que está en los cielos y todo lo dispone! Con cuatro momentos como aquél, ¿qué fama de tribuno no se hubiera cimentado?

[23] perorata. [24] De nuevo los equívocos delatadores de Juanito: la frase famosa se le atribuye a Arquímedes. Por otra parte, Isósceles no es ningún sabio griego, sino simplemente el nombre de una clase de triángulo. Por último, el senado fue una institución romana, no griega. [25] Dafnis y Cloe son la pareja protagonista de una novela pastoril del siglo III, muy imitada en el Renacimiento. [26] Los santos Cosme y Damián fueron dos mártires cristianos de la época de Diocleciano, patrones de los cirujanos.

III

Cuando me hicieron presidente de la cámara de comercio de Miami, diez años más tarde, y director del economato de la Philanthropic, me acordé un buen día de repente de Betanzos.

Tuve unas terribles luchas conmigo mismo, de las cuales mi espíritu salía con harta frecuencia destrozado.

Hice mi equipaje y me marché.

Antes escribí una tarjeta al secretario de la cámara. Decía así:

Hay un pinche de Betanzos
que se llama Serafín
y que cuece los garbanzos
en la marmita de Papín.
Good bye!

Juanito hacía ya un rato que tartamudeaba.

—¡El alcohol va a terminar con él! —decía don David.

—¿Será posible —exclamaba indignado don Lorenzo— que siempre lo deje todo a medio acabar?

(1943)

Miguel Delibes

La conferencia

La ciudad había dado la mínima, y en las bufandas enroscadas hasta los ojos, y las solapas erguidas, y los tapabocas, y los bustos encogidos bajo los gabanes, se adivinaba ese puntito de orgullo y vanagloria de saberse los más extremosos en algo. Quince grados bajo cero eran muchos grados bajo cero y era la temperatura mínima registrada en la Península, y la gente decía: «El invierno viene con ganas este año».

Cuando José abandonó el trabajo era casi de noche y las luces urbanas empañaban su brillo de una friolenta[1] opacidad. José sintió frío y apretó el paso y embutió sus manos sucias y amoratadas en los bolsillos del tabardo.[2] Pensó: «La Elvira cose hoy fuera; hasta las ocho no habrá lumbre en casa». Y la evocación de un hogar destemplado y vacío le produjo un estremecimiento. «No iré hasta luego. Esperaré», se dijo. Y divisó a una muchacha de caderas redondas, con una carpeta bajo el brazo, que entraba en un edificio inmediato, y se aproximó y le dijo:

—¿Qué ocurre ahí que entra la gente?

La muchacha le analizó un momento de arriba abajo y respondió:

[1] friolera. [2] abrigo basto, chaquetón.

—Una conferencia.

—¿Una conferencia?

—Un discurso —aclaró ella.

—¡Ah! —dijo él.

Y la jovencita subió en dos saltos los cuatro escalones, y luego se volvió a él:

—Es una cosa técnica —dijo—; no creo que le interese.

Había en su voz un asomo de condescendiente intelectualismo que José no advirtió. José permaneció un instante indeciso. Luego chilló:

—¡Eh, eh, oiga! Hará calor ahí dentro, ¿no es así?

—¿Calor? —preguntó la muchacha.

—Sí, calor.

—Creo yo que sí que hará calor. Es decir, es posible que haya calor y es posible que no lo haya. Hoy no hace calor en ninguna parte, que yo sepa. Además, ¿le interesa a usted la Economía?

El rostro de José se ensombreció.

—¿Economía?

La muchacha frunció levemente el entrecejo. Dijo:

—¡Oh! ¿No sabe usted lo que es la Economía y quiere asistir a una conferencia sobre «La redistribución de la renta»?

—Oiga, oiga —atajó José—. Yo no he dicho tal. Yo sólo preguntaba si hará calor ahí dentro o no.

La muchacha de las caderas redondas dijo:

—¡Ah, bien!

José ascendió los escalones tras ella. Huía del frío de la calle como los gatos del agua. Divisó a un hombre uniformado y se dirigió a él y el hombre uniformado dijo, antes de que él le preguntase nada:

—Es ahí.

Y José penetró en un salón alto de techo y se sintió un poco cohibido, y para aliviarse se soltó el tapabocas. Hacía buena temperatura allí; pero, a pesar de ello, José se sentó en una silla junto a un radiador y asió sus manos amoratadas a uno de los elementos. Abrasaba. La Elvira decía que salían frieras por agarrar así los radiadores; pero a José no le importaban ahora las frieras.[3] Tenía frío, mucho frío y deseaba calor a costa de lo que fuese.

Había poca gente allí y José descubrió al primer vistazo a la muchacha de las caderas redondas que escribía afanosamente en la primera fila. Sólo entonces reparó José en el conferenciante. Era un sujeto gordezuelo, de mirada clara y ademanes exagerados, y a José le pareció que se escuchaba. No le gustó por eso; por eso y porque dijo: «El beneficio del empresario tiene carácter residual». Ello le sonó a José a cosa desdeñosa, y él sabía que el beneficio del empresario no era como para desedeñarle. «¿Qué carácter tendrá mi beneficio entonces?», pensó. Y arrimó nuevamente las manos al radiador.

El conferenciante hablaba, en realidad, como si se escuchase, pero no se escuchaba. Trataba, al parecer, de hallar para el mundo, y los hombres, y los pueblos un noble punto de equilibrio económico. Y decía cosas del empresario, y de los trabajadores, y de la empresa, y de los salarios, y de la renta, y del beneficio residual. Era un sujeto gordezuelo que trataba de arreglar el mundo hablando, y hablaba como si se escuchase, pero no se escuchaba. Y decía: «En la redistribución de la renta

[3] sabañones.

nacional-funcional...» Y pensaba simultáneamente: «¿Gente? ¡Pchs! En provincias no interesan estas cosas. Mil pesetas y gastos pagados.[4] No es mucho, pero no está mal. Esta chiquitina de la primera fila lo ha tomado con calor. Es preciosa esta chiquitina de la primera fila. Me gustan su nariz y sus caderas y su afanosa manera de trabajar. Aquel ganapán del radiador ha venido a calentarse. Deberían reservar el derecho de admisión. Yo no vine aquí a hacer demagogia ni a halagar los oídos de los ganapanes, sino a exponer un nuevo punto de vista económico». Dijo: «El orden, la solidaridad, el bienestar, la justicia se esconden en una equitativa redistribución».

La muchacha de las caderas redondas levantó los ojos de las cuartillas y miró al conferenciante como hipnotizada. Pensaba: «¡Oh, qué maravillosamente confuso es este hombre!» Le interesaban a ella las cuestiones económicas. A veces se desesperaba de haber nacido mujer y de tener las caderas redondas y de que los hombres apreciasen en ella antes sus caderas redondas que su vehemente inquietud económico-social. Para la muchacha de las caderas redondas, la Humanidad era extremosa e injusta. Pensar en el equilibrio social era una utopía. En el mundo había intelectuales e ignorantes. Nada más. El claro era ignorante; el oscuro intelectual. Ella era una intelectual; el tipo del tapabocas que venía allí a buscar calor era un ignorante. Tratar de reconciliar ambas posiciones era una graciosísima, y mortificante, y descabellada insensatez. Ella escribía ahora frenéticamente,

[4] Se refiere a los honorarios percibidos por la conferencia, aceptables para 1954, fecha en la que Delibes compuso el cuento.

siguiendo el hilo del discurso. Escribía y, de cuando en cuando, levantaba la cabeza y miraba al orador como fascinada.

José, arrimado al radiador, se hallaba en el mejor de los mundos. Tenía que hacer esfuerzos para no dormirse. La voz del orador en la lejanía, era como un arrullo, como una invencible incitación al sueño. De vez en cuando, las inflexiones de voz del conferenciante le sobresaltaban, y él, entonces, abría los ojos y le miraba, y con la mirada parecía indicarle: «Eh, estoy aquí; estoy despierto. Le escucho». Pero de nuevo le ganaba la grata sensación de calor y cobijo y, más que nada, la consciencia de que, por fuera de aquellos ventanales la gente tiritaba y se moría de frío. En su duermevela,[5] José pensaba: «Este hombre se está partiendo la cabeza en vano. El mundo es mucho más sencillo de lo que él piensa. La Humanidad se divide en dos: los que tienen calor a toda hora y comida caliente tres veces al día y los que no lo tienen. Todo lo demás son ganas de hablar y de enredar las cosas».

El conferenciante dijo: «Apelando exclusivamente al aspecto funcional la solución es arriesgada». Pensaba: «En el mundo hay tres clases sociales: la alta, que tiene para comer y para vicios; la media, que tiene para comer y no tiene para vicios, y la baja que tiene para vicios y no tiene para comer. La vida ha sido así, es así y seguirá siendo así por los siglos de los siglos. De todas formas, a Carmen le compraré el sombrero. Se lo prometí si me encargaban la conferencia. Me he ido de la lengua, pero ahora no me queda otro remedio. Al fin y al cabo ellas tienen

[5] La duermevela es un estado intermedio entre el sueño y la vigilia.

caprichos y nosotros vicios. Me gusta esa chiquitina de la primera fila. ¿Para qué tomará notas con ese ardor? ¡Oh, tiene unas caderas excepcionalmente bonitas!»

El conferenciante pensó decir: «Hay que tender al equilibrio entre los que tienen mucho y los que tienen poco», pero dijo: «Hemos de allegar un criterio de armonía entre los dos puntos más extremosos de la sociedad, económicamente hablando».[6]

La muchacha de las caderas pensó: «¡Ah, es maravilloso! Un cerebro dedicado exclusivamente a la ciencia y a arreglar el mundo es algo hermoso que deberíamos agradecer con lágrimas. Este hombre es un genio, un soberbio intelectual. ¿Y qué? Ocho filas de butacas. ¿Quedarán hoy localidades libres en los cines? ¡Oh, oh, es una vergüenza, una deplorable vergüenza!». El orador hablaba de prisa y ahora ella escribía angustiosamente, podando las frases, abreviando las palabras, pero procurando dejar la idea intacta. Ella celebraba íntimamente la exposición compleja, cruelmente enrevesada, del conferenciante. Para la muchacha de las caderas redondas, lo confuso era profundo; lo claro, superficial. La ciencia verdad había de ser, pues, necesariamente confusa. Un libro que no hiciera trabajar a su cerebro no valía la pena. Una idea, aun pueril, solapadamente dispersa en un juego de vocablos innecesarios, la entusiasmaba. Ella gozaba entonces desentrañando el sentido de cada palabra y relacionándolo con el conjunto de la frase. Y pensaba: «Este hombre es un talento». A veces, el sentido de la frase se le cerraba con un hermetismo

6 El texto entrecomillado es un ejemplo de cómo el lenguaje intenta transformar el pensamiento mediante la expresión eufemística.

obstinado, y ella, lejos de desesperarse, se decía: «Oh, qué genio poderosísimo; no me es posible llegar a él!» Su padre la decía: «Todo lo que no sea cocinar y reposar es modernísimo en una mujer, querida». Su hermano Avicto decía: «Eres una angustiosa de cultura». Ella pensaba: «Mi padre y Avicto preferirán también unas caderas bonitas a una cabeza en su sitio». Y sentía asco de sus caderas.

José dio una cabezada y al abrir los ojos advirtió que llevaba unos segundos en la inopia. Pensó: «Acaso la Elvira esté ya en casa y haya puesto lumbre». Miró una vez más al hombre gordezuelo y se esforzó en aferrar alguna de sus palabras y desentrañar su significado. Su esfuerzo estéril le irritó. Casi sintió deseos de gritar e interrumpirle y decir: «¡No se ande usted por las ramas! ¿A qué ese afán de no llamar al pan, pan, y al vino, vino?» Pero se reprimió y se dejó ganar de un apacible sopor, un sopor que le subía de los pies hasta los ojos y le cerraba dulcemente los párpados, como dedos de mujer.

Se despertó despavorido pensando que el edificio se derrumbaba, y al abrir los ojos vio que el auditorio aplaudía al hombre gordezuelo, y el hombre gordezuelo sonreía al auditorio y hacía inclinaciones al auditorio, y él, entonces, comenzó a aplaudir; mas en ese instante crítico el auditorio cesó de aplaudir y sus palmadas detonaron en el vacío, y el tipo gordezuelo le miró como con cierta irritación, y él se azoró y se incorporó e hizo dos reverencias, y como viera que la muchacha de las caderas redondas le miraba desde la primera fila, le sonrió, cogió el tapabocas y se dirigió a la puerta.

Al conferenciante le brillaba en la calva una gota de sudor. La muchacha de las caderas redondas pensó:

«¡Qué esfuerzo!» Él la miró a ella y ella se ruborizó. Él se volvió entonces al presidente, que había dicho al comenzar: «Nadie con mayor competencia que el señor Meléndez, director del Grupo Económico, miembro activo del Instituto Financiero, orador y publicista, para desarrollar un tema tan sugestivo y candente como este de "La redistribución de la renta"». El conferenciante preguntó al presidente: «¿Quién es esa muchacha?» La muchacha recogía cuidadosamente sus apuntes. El presidente dijo: «Tiene un cuerpo interesante. ¿Es eso lo que quiere saber?» Prosiguió Meléndez: «Oh, ya lo creo! Más que la redistribución de la renta». Los dos rieron. La gente iba saliendo y la muchacha de las caderas redondas pensó: «Hablan de mí. ¡Dios mío! Están hablando de mí. Él ha debido notar que tengo inquietudes». Recogió la cartera y caminó despacio hacia la puerta. «¡Oh, oh! —dijo Meléndez—, mi querido presidente, observe usted por favor. ¡Qué cosa maravillosa!» La muchacha pensaba: «Ha notado que tengo inquietudes. Ha notado que tengo inquietudes». Ella no sabía que sus redondas caderas ondulaban deliciosamente al andar. En la puerta tropezó con José. Le sonrió piadosamente. Dijo:

—¿Le gustó?

José sujetaba el tapabocas.

—Hace bueno ahí —dijo. Y antes de salir a la escarcha, y a la noche y a la intemperie, añadió—: ¿Tiene usted hora?

—Son las ocho —dijo la muchacha de las caderas redondas con cierta desolación.

José dijo: «Bien, gracias». Y pensó: «La Elvira estará al llegar». Y se lanzó a la calle.

(1954)

Ignacio Aldecoa

«Chico de Madrid»

El mejor y más bonito modo de atrapar gorriones es el de la sábana emplomada cuando hay nieve, acercándose a la bandada silbando de distraídas.[1] Si se quiere apedrear a un gato desinflado de hambre y pelón de tiña, lo importante es el sigilo, llevando las alpargatas colgando del cinturón. Para cazar una mariposa es necesario fingirse miope y poseer una boina grande, sucia y agujereada. Tratándose de un perro vagabundo, al que hay que atar una ristra de latas vacías a la cola, la técnica exige guiñar un ojo y caminar a la pata coja, como si se jugara. Las lagartijas requieren el cuerpo erguido, la mirada al frente y una delicada y cimbreante varita de fresno. Los grillos piden para que se les haga prisioneros tino y necesidades verecundas.[2] Así, y no de otro modo, son las ordenanzas.

«Chico de Madrid» era un maestro zagalejo de moscas y Job caracol;[3] llevando consigo un estercolero; a sus trece años sabía mucho más de caza suburbana que el

[1] distraídamente. [2] Se refiere al método de atrapar grillos orinando en la hura para obligarlos a salir. [3] «zagalejo de moscas y Job caracol». Dos metáforas que funcionan como rasgos del retrato: el trabajo del zagal es pastorear ganado, pero en este caso se trata de moscas; el rico y paciente Job fue probado por Dios y se vio obligado a vivir en un muladar, pero si además es «caracol», es que lleva encima la suciedad y la pobreza en que habita.

más calificado cinegético. Se había educado en las orillas del Manzanares, aprendiéndolo todo por experiencia. «Chico de Madrid» era bisojo[4] y autodidacto,[5] sucio y tristón, colillero[6] vicioso y rondador de cuarteles en busca del pre[7] sobrante; saltaba tapias y trepaba a los árboles con agilidad, pero nunca se salió de la ley. Tenía algo de orgullo y bastante puntería, por lo que pudo tener pandilla o doctorarse en golfo o pertenecer a cualquier sociedad de pequeños ladrones. Mas nada de esto le interesaba, porque poseía un alma pura y aventurera. Proposiciones tuvo de pecar del séptimo[8] y ciertos vividores de orilla le pronosticaron una gran carrera, mas él prefirió siempre la alegría de sus cotos y el croar de las ranas cuando, panza arriba, contemplaba las estrellas en las noches de verano, luminoso y santificado por las luciérnagas y llevándole el sueño las libélulas, el sueño y los picores de los piojos que olvidaba.

«Chico de Madrid» no se metía con nadie; vivía a temporadas con su madre, viuda de un barrendero, que se dedicaba a vender caramelos y semillicas a los niños más pobres de la ciudad; vivía, por duelo y misterio, algunas veces en cuevas de solares y otras en garitos —cuando apretaba el padre invierno— de perra gorda[9] y abundante compañía. Comía lo dicho antes: sobrantes de rancho y alguna fritanga de extraordinario. Se empleaba de recadero con el dueño de un tiovivo, diminuto y solitario, colocado junto a un puesto de melones —cuando había

[4] bizco. [5] el que aprende por sí mismo, sin ayuda. [6] el que recoge colillas de cigarillos. [7] Deformación de «prest», aquí con significado de «sobras del rancho». [8] El séptimo mandamiento es: No hurtar. 9 Diez céntimos de peseta eran una perra gorda: «de perra gorda» significa «barato».

melones—, que casi nunca funcionaba, y al que traía arenques[10] y vino aguado para las comidas; chismes de un lado y otro para las sobremesas. Con los gorriones sacaba algunas pesetas; con los grillos, pan y tomate; con las lagartijas, harto solaz,[11] y con los perros sacó una vez un mordiscote que le dio fiebre como si estuviera rabiado, y que le obligó a andar con tiento en adelante.

Casi era el único viajero del tiovivo. Se reía con todas sus fuerzas viajando en el aeroplano de hojalata o en el cerdito desorejado o en el rocinante, desfallecido de antiguos galopes en las verbenas de verdad. Porque aquella verbena, su verbena, era una especie de asilo de inválidos que las corrieron buenas, pero que ya no estaban para muchas. Al dueño, que se llamaba Simón y tuvo barraca de monstruos de la naturaleza cuando joven, se le ocurrió repintar el tiovivo. Nunca la gozó más «Chico de Madrid»; se puso hecho un adefesio, y entre ambos dejaron todo pringoso y con expresivas huellas digitales. La pintura se la habían comprado a un chapucero y era de tan mala calidad que no se secaba; el polvo se pegaba en todas partes, ennegreciendo el conjunto, según ellos. Para colmo, todos los niños que se montaron con sus trajecitos limpios, el domingo de aquella semana, salieron verdaderamente repugnantes, costándole a Simón muchas reclamaciones de indignados padres y llantos de niños de diversos colores, que se retiraban de su clientela. Simón cambió de barrio, pero «Chico» no se fue con él porque era, ante todo, libre, y porque

[10] «arenques» aquí con el significado de «sardinas en salazón». [11] bastante entretenimiento.

las orillas del Manzanares tenían mucho que descubrir y que colonizar.

* * *

Llegó la temporada de las ratas... Las ratas no son animales repugnantes y tienen, por otra parte, el morro gracioso y los bigotes de carabinero del tiempo de Mazzantini.[12] Las ratas viven en una ciudad al revés, que impulsa a despreciar las pompas y vanidades humanas; una ciudad donde hay mucho sueño y donde ni ellas pueden dormir. «Chico de Madrid» mataba las ratas, las mataba por *sport*, como otros matan pichones. Se divertía con su tiragomas, «paqueándolas»[13] sin prisa. Conocía la mejor hora: la del atardecer, cuando la tierra se pone morena y hay violetas en los tejados y el primer murciélago hace su ronda de animalejo complicado. Se sentaba solemne frente a las cuevas, mirando fijamente con la media risa de sus ojos, el arma homicida sobre las piernas y una canción como de cazadores por los labios. Se decía a sí mismo:

—Ya está. Asoma, bonita.

Y la rata averiguaba con su morrito saltimbanqui lo que había en la tarde. Luego la veía en silueta, aún indecisa, dando una carrerilla hasta la trinchera del río. Se encendía un farol lejano que enviaba una triste luz de iglesia pueblerina hasta la orilla. «Chico» tensaba las gomas. La rata presentía algún peligro y daba la vuelta; iba

[12] Luis Mazzantini fue un matador de toros famoso (1856-1926). [13] Los soldados españoles de las campañas de Marruecos llamaban «pacos» a los francotiradores moros (de «pac», onomatopeya del ruido del disparo).

a correr a su agujero. Aquél era el momento; le costaría subir. «Chico» empujaba una piedrecilla con el pie. La rata salía disparada y de pronto se le quebraba la vida en un aspaviento. Le había acertado. Después bombardeaba el cadáver con pedruscos. Solía hacer tres o cuatro víctimas por sesión.

Las ranas también le atraían. Mostraban su barriga búdica y una como papada de bonzo bien alimentado que le despertaban escalofríos criminales. Las atrapaba por el método del caracol y luego les hacía el martirio chino, cumpliendo un rito geográfico de grave importancia cultural. Acababa malvendiéndolas en algún figón[14] y con las monedas que le daban se iba al cinematógrafo, que todavía era mudo y se cortaba siempre en lo más emocionante, porque la película duraba varias sesiones, en las que no había forma de apresar a Fu-Man-Chu, a pesar de que el «gallinero» animaba constantemente a los buenos, que, aparte de buenos, eran algo cerrados de mollera.

* * *

«Chico de Madrid» hizo un día amistad con un muchacho, resabiado de la vida, que hablaba como un loro, jugaba a las cartas como un profesional y era hijo de un oscuro anarquista que penaba[15] en San Miguel de los Reyes. «Chico de Madrid» quedó deslumbrado y aquel vaina desplazó de su corazón a los héroes de las películas y de los periódicos de aventuras. Se hizo fanático de él y

[14] taberna. [15] cumplía pena de cárcel.

abandonó sus cacerías y su pureza por seguir su pata coja hasta la misma Puerta del Sol. Él le enseñó a pedir con voz sollozante, acercándose mucho al limosnero para despertarle ascos:

—Señor, señor, una limosna para este expósito,[16] que purga culpas de padres desnaturalizados. Nacido en enero y abandonado en la nieve.

Y después, recitado velozmente:

—El blanco sudario fue el regazo que acogió sus primeros llantos de niño. Una limosna para lo más necesario y vaya usted con Dios con la conciencia tranquila por haber hecho una obra de caridad.

Nadie se tragaba el cuento, pero todo el mundo les daba alguna perrilla, porque se los querían quitar de encima. El pregón de sus miserias lo había sacado aquella especie de paje de espantapájaros de una novelilla sentimental y manoseada que un amigote le había prestado. «Chico» colaboró literariamente, arreglándolo a las circunstancias. Ganaban su dinero. En los repartos el cojo se quedaba con la mayor parte, porque para algo era el jefe.

Una tarde de toros en que el sol quemaba de canto y la gente tenía los ojos llenos de picores de modorra, «Chico» y su jefe fueron a piratear a las puertas de la plaza. La gavilla de sus conocidos haraganeaba por allá en busca de corazones blandos o de estómagos satisfechos que necesitaban digestión sin molestias. Los guardias a caballo estaban tristes como estatuas.

Se hacía obligatoria la tragedia en el ruedo. Los novilleros —porque había novillada— debían estar desfigu-

[16] niño abandonado.

rados, borrosos de miedo. Los novillos estarían medio ahogados y quemados de las punzadas de los tábanos. Tal vez los picadores estuvieran aletargados con sus caras de tortugas gigantes, balanceando las cabezotas. Los caballejos, como los de su tiovivo, vacilantes y cansados. El presidente, orondo, fumándose un veguero, entre eructos disimulados. La plaza, frenética. Y la bandera, que él veía sobre el azul del cielo, poniendo sus crudos colores de estío africano, cortando, inmóvil, las retinas de los contempladores. Pasaban rostros abotagados[17] que con el calor y la respiración parecían higos reventones llenos de dulzor. A ellos se acercaba «Chico» misereando:

—Señor, señor, una limosna, por caridad, para este pobrecito, que hace dos días que no prueba bocado y vive en una choza con siete hermanitos, sin madre y con padre holgazán.

Había variado la retahíla con astucia porque si se les ocurría decirles a los señores gordos que habían sido abandonados en la nieve los iban a juzgar los pobres más felices del mundo.

«Chico de Madrid» oyó voces detrás de él y de pronto se sintió cogido por el cuello de la camisa. Un municipal lo tenía agarrado con la mano izquierda, mientras con la derecha casi arrastraba a su compañero, que pataleaba con fingido llanto. «Chico» intentaba escaparse por ley natural, por lo que recibió un terrible puntapié que lo calambró y lo dejó como cuando a una lagartija le cortan el rabo. Comenzó a hipar y a dar berridos, por lo que fue

[17] hinchados.

sacudido violentamente y conminado a callarse. Otro guardia municipal parsimonioso y con galones, se acercó a ver lo que pasaba. Ya tenían grupos en torno y algunas señoras, con impertinentes, aromosas y con ganas de saberlo todo, hociqueaban ante ellos entre con tristeza falsificada y evidente repulsión. El de los galones interrogaba al que les estaba dando garrote vil con sus manazas:

—¿Y estos pájaros?

—El cojitranco éste que se pringaba[18] en un reló —decía dándole un empujón al jefe—. Y este otro —lo señalaba con gesto de cabeza—, que había venido con él, que yo los vi cuando llegaron y estaban haciendo el paripé pidiendo.

—Pues a la *trena,* y los amansas si se sienten gallos.

«Chico de Madrid» no se sentía gallo; se sentía pájaro humildísimo y asustado gorrión. El guardia casi le ahogaba, pero se mordió los labios aguantándose porque, sin ninguna duda, había llegado la hora de callar y echarle pecho al asunto. De su jefe juraba vengarse, porque no estaba bien hacerle aquella jugada del silencio cuando el guardia se acercó a cogerle. Se derrumbó su héroe al mismo tiempo que le llegaba a la boca un sabor agrio de principios de vómito, porque el guardia le apretaba cada vez más. Tuvo una arcada. El guardia se paró soltándole del cuello y cogiéndole por la espaldera de la camisa. «Chico» notó que su salvación llegaba, dio una arrancada y salió corriendo. Oía confusamente las voces del guardia pidiendo ayuda e incapaz de perseguirle, so

[18] «pringarse en»: robar.

pena de perder al prestidigitador aficionado que danzaba como un ahorcado en los bandazos y los achuchones de lo que quería ser carrera entre la gente... «Chico» se escurría con rapidez; pasó un tranvía y se colgó de los topes. ¡Estaba salvado!

Le sorprendió el fresquillo acariciante de la madrugada tumbado a las orillas de su río, oyendo cantar a las ranas y dejando que se le fuera el pensamiento por los incidentes de la tarde. No volvería a la ciudad; su puesto no estaba en la ciudad, sino en el límite de ella: entre el campo grande de las anchas llanadas y la apretura estratégica de los primeros edificios. En aquel terreno de nadie, suyo, con gorriones vestidos de saco y lagartijas pizpiretas, con perros famélicos y sabios y gatos alucinantes, con ratas y mariposas, con grillos y ranas, con el hedor de su río y el perfume lejano del tomillo campesino. No, no volvería a la ciudad y se dedicaría a pasarlo bien por aquellos andurriales hasta que lo llamaran a quintas. Se fue quedando dormido en el relente de la mañana; luego, el sol comenzó a calentarle los pies y a ascenderle por el cuerpo, despertándole con un grato hormigueo. «Chico de Madrid» se desperezó, se restregó los ojos y marchó en busca del desayuno silbando alegremente. Ahora sí que estaba salvado de verdad.

* * *

Habían pasado algunos días. Su vida era tranquila y medieval: comer, dormir, cazar. No comía muy bien, ni dormía muy blandamente, ni cazaba otra cosa que animales inmundos, pero él estaba muy a sus anchas. Aquella tarde pensaba hacer una exploración por una alcantarilla vieja y abandonada, y ya se regodeaba soñando con lo que en ella iba a encontrar. Iba a encontrar ratas como caballos y puede que de añadidura se topase con algún esqueleto humano. Esto le parecía difícil; pero si lo encontrara, si lo encontrara, iba a ser rico, tremendamente rico de misterio. Sabía que cierta vez unos obreros, en un solar cercano, cuando trabajaban para levantar los cimientos de una casa, al lado de una antiquísima cloaca, hallaron varios esqueletos que, según se dijo, eran de los franceses, de cuando el 2 de mayo. «Chico» soñaba desde entonces con esqueletos de franceses, aunque no le importaban mucho sus nacionalidades, porque con que fueran esqueletos como los que había visto tenía bastante.

A las cuatro de la tarde, armado de una estaca y con un farolillo de carro, dio comienzo a su exploración. Llevaba un riche[19] por si tenía hambre y una vela y una caja de cerillas por si necesitaba repuesto o se dilataba demasiado cazando. Entró por el tunelillo encorvado y un tufo ácido le avispó la nariz. Se colocó un trapo a modo de careta preservadora y siguió avanzando impertérrito rumbo a lo desconocido. El farolillo le danzaba la sombra; una humedad grasa le manchaba las manos cuando las rozaba con las paredes; el garrote le hacía caminar como un extraño animal que tuviera allí mismo su cubil. Estuvo andando mucho tiempo, hasta que las espaldas se le cansaron; entonces montó su campamento, dejó el garrote y merendó su riche. Pensó en volver. La cloaca

[19] barra, bocadillo.

estaba vacía. No había esqueletos y lo más gordo era que tampoco había ratas. Se volvió.

* * *

«Chico de Madrid» comenzó a sentir algunos trastornos intestinales. La frente le ardía. La última noche no pudo dormir de desasosiego. Fue a casa de su madre, a la que no veía desde la tarde en que se le ocurrió explorar la cloaca. La pobre mujer, después de regañarle, lo lavó como pudo, le hizo ponerse una camisa de su padre, guardada con todo esmero como recuerdo, y le invitó a tenderse en el jergón. Salió breves momentos a la calle y luego regresó con un gran vaso de leche. «Chico» tampoco pudo dormir aquella noche.

* * *

Pasaron dos días. Cuando el médico llegó era ya demasiado tarde. «Chico», el buen «Chico», estaba en las últimas. La madre, fiel, sentada a sus pies, sin soltar una lágrima, se asombraba de lo que le ocurría a su hijo. El médico se limitó a decir: «Tifus; ya no hay remedio». Y «Chico de Madrid» murió porque no había remedio. Murió a la misma hora en que salen sus ratas a averiguar la tarde con los morritos saltimbanquis, cuando la tierra se pone morena y hay violetas en los tejados y el primer murciélago hace su ronda de animalejo complicado y se extiende como una gasa de tristeza por las orillas del Manzanares. «Chico de Madrid» murió a consecuencia de su última cacería, en la que si no pudo cazar ratas, como nunca falló, cazó un tifus; el tifus que lo llevó a los cazaderos eternos, donde es difícil que entren los que no sean como él, buenos; como él, pobres, y como él, de alma incorruptible.

(1950)

Ignacio Aldecoa

Carmen Martín Gaite

Ana María Matute

Carmen Martín Gaite

La chica de abajo

¿Habría pasado tal vez una hora desde que llegó el camión de la mudanza? Había venido muy temprano, cuando por toda la placita soñolienta y aterida apenas circulaba de nuevo, como un jugo, la tibia y vacilante claridad de otro día; cuando sólo sonaba el chorro de la fuente y las primeras campanas llamando a misa; cuando aún no habían salido los barrenderos a arañar la mañana con sus lentas, enormes escobas, que arrastraban colillas, púas de peine, herraduras, hojas secas, palitos, pedacitos de carta menudísimos, rasgados con ira, botones arrancados, cacas de perro, papeles de caramelo con una grosella pintada, remolinos de blancos, leves vilanos[1] que volaban al ser removidos y escapaban a guarecerse en los aleros, en los huecos de los canalones. Miles y miles de pequeñas cosas que se mezclaban para morir juntas, que se vertían en los carros como en un muladar.

Los entumecidos, legañosos barrenderos, cuyas voces sonaban como dentro de una cueva, eran los encargados de abrir la mañana y darle circulación, de echar el primer bocado a la tierna, intacta mañana; después escapaban aprisa, ocultando sus rostros, que casi nadie llegaba

[1] El «vilano», familiarmente llamado «molinillo», es un apéndice de pelos o filamentos con el que se desplaza por el aire el fruto de algunas plantas.

a ver. «Ya ha amanecido», se decían desde la cama los enfermos, los insomnes, los desazonados por una preocupación, los que temían que la muerte pudiese sorprenderles en lo oscuro, al escuchar las escobas de los barrenderos rayando el asfalto. «Ya hay gente por la calle. Ya, si diera un grito, me oirían a través de la ventana abierta. Ya va subiendo el sol. Ya no estoy solo». Y se dormían al fin, como amparados, sintiendo el naciente día contra sus espaldas.

El gran camión se había arrimado a la acera reculando, frenando despacito, y un hombre pequeño, vestido de mono azul, saltó afuera y le hacía gestos con la mano al que llevaba el volante:

—¡Tira!... Un poco más atrás, un poquito más. ¡Ahora! ¡¡Bueno!!

Luego el camión se quedó parado debajo de los balcones y los otros hombres se bajaron también, abrieron las puertas traseras, sacaron las cuerdas y los cestos, los palos para la grúa. Entonces parecía todavía que no iba a pasar nada importante. Los hombres se estiraban, hablaban algunas palabras entre sí, terminaban con calma de chupar sus cigarros antes de ponerse a la faena. Pero luego todo había sido tan rápido... Quizá ni siquiera había pasado hora y media. Cuando llegaron tocaban a misa en la iglesia de enfrente, una muy grande y muy fría, donde le encoge a uno entrar, que tiene los santos subidos como en pedestales de guirlache.[2] Sería una de las primeras misas, a lo mejor la de siete y media. Luego ha-

[2] La metáfora «de guirlache» evoca el estilo barroco en la escultura decorativa.

bían tocado otra vez para la siguiente. Y otra vez. Poco más de una hora. Lo que pasa es que trabajaban tan deprisa los hombres aquellos.

«Si me llego a dormir —pensaba Paca—. Una hora en el sueño ni se siente. Si me llego a dormir. Se lo habrían llevado todo sin que lo viera por última vez». Claro que cómo se iba a haber dormido si ella siempre se despertaba temprano y, si no, la despertaban. Pero se había pasado toda la noche alerta con ese cuidado, tirando de los ojos para arriba, rezando padrenuestros, lo mismo que cuando se murió Eusebio, el hermanillo, y estuvieron velándolo. Por tres veces se levantó de puntillas para que su madre no la sintiera, salió descalza al patio y miró al cielo. Pero las estrellas nunca se habían retirado, bullían todavía, perennemente en su fiesta lejana, inalcanzable, se hacían guiños y muecas y señales, se lanzaban unas a otras pequeños y movedizos chorros de luz, alfilerazos de luz reflejados en minúsculos espejos.

Cecilia decía que en las estrellas viven las hadas, que nunca envejecen. Que las estrellas son mundos pequeños del tamaño del cuarto de armarios, poco más o menos, y que tienen la forma de una carroza. Cada hada guía su estrella cogiéndola por las riendas y la hace galopar y galopar por el cielo, que es una inmensa pradera azul. Las hadas viven recostadas en su carroza entre flores de brillo de plata, entre flecos y serpentinas de plata, y ninguna tiene envidia de las demás. Se hablan unas a otras, y cuando hablan o cantan sus canciones les sale de la boca un vaho de luz de plata que se enreda y difunde por todas las estrellas como una lluvia de azúcar migadito, y se ve desde la tierra en las noches muy claras. Algunas veces, si se mira a una estrella fijamente, pidiéndole una cosa, la estrella se cae, y es que el hada ha bajado a la tierra a ayudarnos. Cuando las hadas bajan a la tierra se disfrazan de viejecitas, porque si no la gente las miraría mucho y creería que eran del circo.

Cecilia contaba unas cosas muy bonitas. Unas las soñaba, otras las inventaba, otras las leía en los libros. Paca pensaba que las hadas debían tener unas manos iguales a las de Cecilia, con la piel tan blanca y rosada, con las uñas combadas como husos y los dedos tan finos, tan graciosos, que a veces se quedaban en el aire como danzando. Paca, que se había acostumbrado a pensar cosas maravillosas, creía que a Cecilia le salían pájaros de las manos mientras hablaba, unos pájaros extraños y largos que llenaban el aire. Un día se lo dijo y ella preguntó: —¿Sí? ¿De verdad? —y se rió con aquella risa suya, condescendiente y envanecida.

Paca y Cecilia eran amigas, se contaban sus cuentos y sus sueños, sus visiones de cada cosa. Lo que les parecía más importante lo apuntaba Cecilia en un cuaderno gordo de tapas de hule, que estaba guardado muy secreto en una caja con chinitos pintados. Paca solía soñar con círculos grises, con ovejitas muertas, con imponentes barrancos, con casas cerradas a cal y canto, con trenes que pasaban sin llevarla. Se esforzaba por inventar un argumento que terminase bien, y sus relatos eran monótonos y desmañados, se le embotaban las palabras como dentro de un túnel oscuro.

—Pero, bueno, y luego, ¿qué pasó? —le cortaba Cecilia, persiguiéndola con su mirada alta, azul, impaciente.

—Nada. No pasaba nada. Cuenta tú lo tuyo. Lo tuyo es mucho más bonito.

A ella no le importaba darse por vencida, dejar todo lo suyo tirado, confundido, colgando de cualquier manera. A ella lo que le gustaba, sobre todas las cosas, era oír a su amiga. También cuando se callaba; hasta entonces le parecía que la estaba escuchando, porque siempre esperaba que volviera a decir otra cosa. La escuchaba con los ojos muy abiertos. Durante horas enteras. Durante años y siglos. No se sabía. El tiempo era distinto, corría de otra manera cuando estaban las dos juntas. Ya podían pasarse casi toda la tarde calladas, Cecilia dibujando o haciendo sus deberes, que ella nunca se aburría.

—Mamá, si no sube Paca, no puedo estudiar.

—No digas bobadas. Te va a distraer.

—No, no; lo hago todo mejor cuando está ella conmigo. No me molesta nunca. Deja que suba, mamá.

La llamaban por la ventana del patio:

—¡Paca! ¡Paca!... Señora Engracia, que si puede subir Paca un ratito.

Ella en seguida quería tirar lo que estuviera haciendo y escapar escaleras arriba.

—Aguarda un poco, hija. Termina de fregar. Que esperen. No somos criadas suyas —decía la madre.

La madre se quejaba muchas veces. No quería que Paca subiera tanto a la casa.

—No vayas más que cuando te llamen, ¿has oído? No vengan luego con que si te metes, con que si no te metes. Me los conozco yo de memoria a estos señoritos. Nada más que cuando te llamen, ¿entiendes?

—Sí, madre, sí.

La señora Engracia era delgada y tenía la cara muy pálida, como de leche cuajada, con una verruga en la nariz que parecía una pompa de jabón a punto de estallar. Cosía para afuera en los ratos libres; hacía vainicas,[3] hacía calzoncillos y camisones. Paca había heredado sus grandes manos hábiles para cualquier trabajo, el gesto resignado y silencioso.

Mientras Cecilia dibujaba o hacía los deberes de gramática y de francés, ella le cosía trajecitos para las muñecas, le recortaba mariquitas[4] de papel, lavaba cacharritos, ponía en orden los estantes y los libros. Todo sin hacer ruido, como si no estuviera allí. Medía las semanas por el tiempo que había pasado con Cecilia, y así le parecía que habían sido más largas o más cortas. El otro tiempo, el del trabajo con su madre, el de atender a la portería cuando ella no estaba, el de lavar y limpiar y comer, el de ir a los recados, se lo metía entre pecho y espalda de cualquier manera, sin masticarlo. Ni siquiera lo sufría, porque no le parecía tiempo suyo. Llevaba dos vidas diferentes: una, la de todos los días, siempre igual, que la veían todos, la que hubiera podido detallar sin equivocarse en casi nada cualquier vecino, cualquier conocido de los de la plazuela. Y otra, la suya sola, la de verdad, la única que contaba. Y así cuando su madre la reñía o se le hacía pesada una tarea, se consolaba pensando que en realidad no era ella la que sufría aquellas cosas, sino la otra Paca, la de mentira, la que llevaba puesta por fuera como una máscara.

[3] La «vainica» es un bordado que se hace sacando algunas hebras del tejido. [4] muñecas.

Un día la mamá de Cecilia le dijo, por la noche, a su marido:

—La niña me preocupa, Eduardo. Ya va a hacer once años y está en estado salvaje. Dentro de muy poco será una señorita, una mujer. Y ya ves, no le divierte otra cosa que estar todo el día ahí metida con la chica de la portera. Es algo atroz. Bien está que suba alguna vez, pero fíjate qué amistad para Cecilia, las cosas que aprenderá.

El padre de Cecilia tenía sueño y se volvió del otro lado en la cama.

—Mujer, a mí me parece una chica muy buena —dijo con los ojos cerrados—. Ya ves cómo la cuidó cuando tuvo el tifus.

La madre de Cecilia se incorporó:

—Pero, Eduardo; parece mentira que seas tan inconsciente. ¡Qué tiene que ver una cosa con otra! Las cosas con medida. Hasta ahora me ha venido dando igual también a mí. Pero Cecilia tiene once años, date cuenta. No pretenderás que cuando se ponga de largo vaya a los bailes con Paca la de abajo.

—Sí, sí, claro. Pues nada, como tú quieras. Que vengan otras niñas a jugar con ella. Las de tu prima, las del médico que vive en el segundo...

—Yo a esos señores no los conozco.

—Yo conozco al padre. Yo se lo diré.

A lo primero Cecilia no quería. Sus primas eran tontas y con las niñas del médico no tenía confianza. Ni unas ni otras entendían de nada. No sabía jugar con ellas. Se lo dijo a su madre llorando.

—Bueno, hija, bueno. Subirá Paca también. No te apures.

Las nuevas amiguitas de Cecilia venían muchas tardes a merendar y ella iba otras veces a su casa. Siempre estaban proponiendo juegos, pero no inventaban ninguno. A las cuatro esquinas, a las casas, al escondite, al parchís. Los jugaban por turno, luego se aburrían y preguntaban: «Ahora, ¿qué hacemos?». Otras veces hablaban de los niños que le gustaban a cada una, y que, en general, los habían conocido en los veraneos. Un juego hacían que era escribir varios oficios y profesiones de hombre en una tira larga de papel y enrollarla a ver lo que sacaba cada niña tirando un poquito de la punta. A unas les salía marino; a otras, ingeniero, y con el que les salía, con aquél se iban a casar. Paca, cuando estaba, nunca quería jugar a este juego.

Un día le dijo a Cecilia una de sus primas:

—No sé cómo eres tan amiga de esa chica de abajo, con lo sosa que es. Cuando viene, parece que siempre está enfadada.

—No está enfadada —dijo Cecilia—. Y no es sosa, es bien buena.

—¡Ay, hija!, será buena, pero es más antipática...

Otro día, don Elías, el profesor, le puso un ejercicio de redacción que era escribir una carta a una amiga desde una playa contándole lo que hacía, preguntándole lo que hacía ella y dándole recuerdos para sus padres. Cecilia no vaciló. Puso: «Señorita Francisca Fernández», y empezó una carta como para Paca; pero, a medida que escribía, se sentía a disgusto sin saber por qué, y después de contarle que el mar era muy grande y muy bonito y que hacía excursiones en balandro, al llegar a aquello de «y tú, ¿qué tal lo pasas por ahí?», cuando ya se tenía que despedir y decir lo de los recuerdos, se acordó de la señora Engracia y sintió mucha vergüenza, le pareció que se estaba burlando. Arrancó la hoja del cuaderno y copió la carta igual, pero dirigida a Manolita, la del segundo.

Desde que venían las otras niñas, Paca subía más tarde, y eso cuando subía, porque algunas veces no se acordaban de llamarla. Jugaban en el cuarto de atrás, que tenía un sofá verde, un encerado, dos armarios de libros y muchas repisas con muñecos y chucherías. También salían por los pasillos. La casa tenía tres pasillos, dos paralelos y uno más corto que los unía, formando los tres como una *hache.* Al de delante iban sólo alguna vez a esconderse detrás del arca, pisando callandito; pero casi nunca valía, porque por allí estaban las habitaciones de los mayores y no se podía hacer ruido. Aquel pasillo estaba separado de los otros dos por una cortina de terciopelo con borlas. Alrededor de las nueve venían a buscar a las primas y a las niñas del segundo. La criada les ponía los abrigos y les atusaba el pelo. Cecilia salía con ellas y entraban en el saloncito a despedirse de los papás. Paca se quedaba sola detrás de la cortina, mirando el resplandor rojizo que salía por la puerta entornada. Estarían allí los señores leyendo, fumando, hablando de viajes. Se oían las risas de las niñas, los besos que les daban. Muchas veces, antes de que volvieran a salir, ella se escurría a la portería, como una sombra, sin decir adiós a nadie.

Empezó a desear que llegase el buen tiempo para salir a jugar a la calle. En la plazuela tenía más ocasiones de estar con Cecilia, sin tener que subir a su casa, y los juegos de la calle eran más libres, más alegres, el marro,[5] el diábolo, la comba, el mismo escondite, juegos de cantar, de correr, de dar saltos, sin tener miedo de romper nada. Se podían escapar de las otras niñas. Se cogían de la mano y se iban a esconder juntas. Paca sabía un sitio muy bueno, que nunca se lo acertaban: era en el portalillo del zapatero. Se escondían detrás de la silla de Adolfo, el aprendiz, que era conocido de Paca, y él mismo las tapaba y miraba por la puerta y les iba diciendo cuándo podían salir sin que las vieran y cuándo ya habían cogido a alguna niña. Así no las encontraban nunca y les daba mucho tiempo para hablar.

Aquella noche, mirando las estrellas, donde viven las hadas que nunca envejecen, Paca se acordaba de Cecilia y lloraba. Se había ido a otra casa, a otra ciudad. Así pasan las cosas de este mundo. Y ella, ¿qué iba a hacer ahora? Ni siquiera se había podido despedir en el último momento. Cecilia se había ido de improviso dos días antes, aprovechando el coche de su tío, por la mañana, mientras ella estaba haciendo un recado. Se entretuvo bastante, pero bien podía Cecilia haber esperado para decirla adiós. O a lo mejor no pudo, a lo mejor su tío tenía prisa, quién sabe.

—Despídame de Paca, que ya le escribiré —le había dicho a la señora Engracia al marcharse.

Cuando volvió, Paca le insistía a su madre, le suplicaba con los ojos serios:

—Por favor, acuérdate de lo que te dijo para mí. Dímelo exactamente.

[5] El «marro» es un juego de persecución, también denominado «escondite inglés».

—Que ya te escribiría, si no dijo más.

La señora se quedó todo el día siguiente recogiendo las cosas en el piso. Luego también se había ido. Ella no se había atrevido a subir.

Mirando las estrellas, Paca sentía una enorme desazón. ¿Qué podía pedirle a las hadas? A lo mejor, habiéndose marchado Cecilia, ya ni siquiera había hadas. O, aunque las hubiera, tal vez no entendían bien lo que quería pedirles, sin explicarlo Cecilia primero. Eran cosas tan confusas las que deseaba. Se acordaba de una viñeta que había visto en un cuento, de una niña que lloraba porque había perdido sus zapatitos rojos. Y ella, ¿qué había perdido? ¿Cómo lo iba a poder explicar? Sentía frío en los pies. Cerró los ojos y le dolían por dentro las estrellas. De tanto y tanto mirarlas se le habían metido todas allí; le escocían como puñados de arena.

Al volver a la cama, después de la tercera vez, se quedó un poco dormida con la cabeza metida dentro de las sábanas. Soñó que Cecilia y ella vivían en medio del bosque en una casa de cristal alargada como un invernadero; iban vestidas de gasa azul y podían hacer milagros. Pero luego ella perdía su varita y se iba quedando seca, seca, como de barro. Y era una figurita de barro. Cecilia le decía: «Ya no sirves», y la tiraba al río. Y ella iba flotando boca arriba sobre la corriente del río, con las piernas abiertas y curvadas, porque era el rey Gaspar, el del Nacimiento.

Se levantó su madre para ir al arrabal como todos los martes y le dijo:

—Paca, me voy, ¿has oído? Levántate para cuando vengan los de la mudanza. Les das la llave, ¿eh? La dejo en el clavo de siempre.

Paca se había levantado llena de frío, con un dolor muy fuerte en el pescuezo de la mala postura y un nudo correoso en la garganta. Era el nudo de una áspera, tensa maroma que recorría el interior de todas sus articulaciones, dejándolas horriblemente tirantes. Sentía en su cuerpo una rigidez de tela almidonada, de suela o estropajo. A lo mejor —pensó— me estoy convirtiendo de verdad en una figurita de barro de las del Nacimiento, y voy echando alambre en vez de huesos, y dentro de un poco ya no me dolerá la carne, aunque me peguen o me pellizquen. Ojalá fuera verdad, ojalá fuera verdad. El rey Gaspar, la tía Gila hilando su copo, el mesonero que sólo tiene medio cuerpo porque está asomado a la ventana, cualquiera, hasta uno de los pastores bobos que se ríen comiendo sopas debajo del angelito colgado del árbol, el de la pierna rota, aunque fuera. Qué le importaba a ella. Todavía tenía tiempo de meterse en el equipaje, en la caja de cartón azul con flores, y por la Navidad volverían a sacarla en la casa nueva, en la nueva ciudad, y ella se reiría y agitaría las manos para que la conociera Cecilia. Aquella noche tendría el don de hablar porque ha nacido el niño Jesús, y las dos se la pasarían entera hablando en secreto cuando todos se hubieran acostado. Cecilia pondría sus codos sobre las praderas de musgo, sobre los ríos de papel de plata y acercaría su oído a los pequeños labios de su amiga de barro. ¿Qué cosas tan maravillosas no podría contarle Paca en aquella noche, desde el minúsculo paisaje nevado de harina, cruzado de caminillos de arena, por donde todos los vecinos de las casitas de cartón circulaban en fiesta con cestas y corderos hacia la luz roja del portal? No le importaría a ella tener que estar todo el año metido en la caja azul esperando la Nochebuena.

Estas cosas estaba pensando cuando oyó la bocina del camión que venía.

Los hombres eran cinco. Habían puesto una grúa en el balcón, donde estaba el saloncito de recibir, y por allí bajaban las cosas de más peso. Otras, más menudas o más frágiles, las bajaban a mano. Uno de los hombres, el más gordo, el que traía el volante, estaba abajo para recibir los muebles y aposentarlos en el interior del capitoné,[6] que esperaba con las fauces abiertas como una inmensa, hambrienta ballena. Mientras uno hacía una cosa, el otro hacía otra. Casi no daba tiempo a verlo todo. Paca no se atrevía ni a moverse. Al principio subió por dos veces al piso y había preguntado que si necesitaban algo; la primera ni siquiera le hicieron caso, la otra vez la dijeron que no. Prefirió no volver a subir, le resultaba insufrible ver la crueldad y la indiferencia con que arrancaban los muebles de su sitio y los obligaban a bajar por la ventana o por la escalera. Algunos dejaban su marca en la pared al despegarse, una sombra pálida, húmeda, como una ojera, como una laguna caliente.

Era increíble, portentoso, lo deprisa que trabajaban aquellos cinco hombres. Parecía cosa de magia que pudieran desmontar con tanta seguridad, en etapas medidas y certeras, una casa como aquélla, que era todo un país lleno de historia, lleno de vericuetos y tesoros, que

[6] Camión de mudanzas acolchado.

pudieran destruirlo, conquistarlo con tanta celeridad, sin dolor ni desequilibrio, sin apenas esfuerzo, sin detenerse a mirar la belleza de las cosas que se estaban llevando, sin que ninguna se les cayese al suelo. ¿Y el osito de felpa? ¿En qué bulto de aquéllos iría metido el osito felpa? ¿Y aquella caja donde guardaba la abuela de Cecilia los retratos antiguos y las cintas de seda? Y tantísimos cuadros. Y los libros de cuentos... ¿Sería posible que hubiesen metido todos los libros de cuentos? *Peter Pan y Wendy, Alicia en el país de las maravillas,* cuentos de Andersen, de Grimm, de los caballeros de la Tabla Redonda, cuentos de Pinocho... Siempre había alguno tirado por el suelo, en los recodos más inesperados se escondían. Algo se tenían que dejar olvidado, era imposible que se acordaran de meterlo todo, todo, todo. En hora y pico, Dios mío, como quien no hace nada, con tanta crueldad.

Ya debía faltar poco. El hombre gordo encendió un cigarro, se puso en jarras y se quedó mirando a la chica aquella del traje de percal que parecía un pájaro mojado, que estaba allí desde el principio peladita de frío y miraba todo lo que iban sacando con los ojos pasmados y tristes, como en sueños. Luego echó una ojeada a la plaza con cara distraída. Era una pequeña plaza provinciana con sus bocacalles en las esquinas y sus fuentes en el medio, como miles de pequeñas plazas que el hombre gordo había visto. No se fijó en que tenía algunas cosas distintas; por ejemplo, un desnivel grande que hacía el asfalto contra los jardincillos del centro. Allí, los días de lluvia, se formaba un pequeño estanque donde venían los niños, a la salida del colegio, y se demoraban metiendo sus botas en el agua y esperando a ver a cuál de ellos le calaba la suela primero. Tampoco se fijó en la descarnadura de la fachada del rincón que tenía exactamente la forma de una cabeza de gato, ni en las bolas doradas que remataban las altas verjas de casa de don Adrián, uno que se aislaba de todos de tan rico como era, y en su jardín particular entraban las gigantillas[7] a bailar para él solo cuando las fiestas de septiembre. Ni en el quiosco naranja, cerrado todavía a aquellas horas, con un cartel encima que ponía «La Fama», donde vendían pelotitas de goma, cariocas[8] y tebeos, ni en el poste de la dirección prohibida, torcido y apedreado por los chiquillos. Se iba levantando, tenue, opaca y temblona, la blanca mañana de invierno. Al hombre se le empezaban a quedar frías las manos. Se las sopló y le salía un aliento vivificador de tabaco y aguardiente; se las frotó una con otra para calentarse.

«Hoy no va a levantar la niebla en todo el día —pensó—. A ver si acaban pronto éstos. Desayunaremos por el camino».

Y sentía una picante impaciencia, acordándose del bocadillo de torreznos y los tragos de vino de la bota.

En este momento salían del portal dos de los hombres con unos líos y unos cestos; se tropezaron con la chica del traje de percal.

—Pero ¿te quieres quitar de en medio de una vez?

Y ella les miró torvamente, casi con odio, y retrocedió sin decir una palabra.

—¿Falta mucho? —preguntó el hombre gordo.

[7] gigantes, gigantones. [8] La «carioca» es una cinta de color enrollada sobre un objeto pesado. Cuando es lanzada al aire, desciende serpenteando.

—Queda sólo un sofá. Ahora lo manda Felipe y ya cerramos.

Bajaba por la grúa el sofá verde, el del cuarto de jugar, que tenía algunos muelles salidos. Bajaba más despacio que los otros muebles, a trancas, a duras penas, tieso y solemne como si cerrara la marcha de una procesión. Cuando llegó a la acera, Paca se acercó con disimulo y le acarició el brazo derecho, el que estaba más cerca de la casa de muñecas, en la parte de acá, según se entraba, despeluchado y viejo a la luz del día, que había sido su almohada muchas veces. Y retiró la mano con vergüenza, como cuando vamos a saludar a un amigo en la calle y nos damos cuenta de que lo hemos confundido con otro señor.

«Parecía que estaba muerto, Dios mío, parecía una persona muerta», fue lo último que pensó Paca. Y se quedó dándole vueltas, terca, estúpidamente, a esta sola idea, repitiéndola una y otra vez como un sonsonete, clavada en el asfalto durante un largo rato todavía, sin apartar los ojos de aquella mancha negra de lubricante que había dejado el camión al arrancar.

No vino la carta de Cecilia, pero llegó, por lo menos, la primavera.

Aquel año Paca había creído que el invierno no se iba a terminar nunca, ya contaba con vivir siempre encogida dentro de él como en el fondo de un estrecho fardo, y se alzaba de hombros con indiferencia. Todos los periódicos traían grandes titulares, hablando de ventiscas y temporales de nieve, de ríos helados, de personas muertas de frío. La madre, algunas noches, leía aquellas noticias al calor del raquítico brasero, suspiraba y decía: «Vaya todo por Dios». Leía premiosamente, cambiando de sitio los acentos y las comas, con un tonillo agudo de colegio. A Paca le dolía la cabeza, tenía un peso terrible encima de los ojos, casi no los podía levantar.

—Madre, este brasero tiene tufo.[9]

—Qué va a tener, si está consumido. ¿También hoy te duele la cabeza? Tú andas mala.

Se le pusieron unas fiebrecillas incoloras y tercas que la iban consumiendo, pero no la impedían trabajar. Cosa de nada, fiebre escuálida, terrosa, subterránea, fiebrecilla de pobres.

Un día fue con su madre al médico del Seguro.

—Mire usted, que esta chica no tiene gana de comer, que le duele la cabeza todos los días, que está como triste...

—¿Cuántos años tiene?

—Va para catorce.

—Vamos, que se desnude.

Paca se desnudó mirando para otro lado; le temblaban las aletas de la nariz. El médico la auscultó, le miró lo colorado de los ojos, le golpeó las rodillas, le palpó el vientre. Luego preguntó dos o tres cosas. Nada, unas inyecciones de Recal,[10] no tenía nada. Era el crecimiento, el desarrollo tardío. Estaba en una edad muy mala. Si tenía algo de fiebre podía acostarse temprano por las tardes. En cuanto viniera el buen tiempo se pondría mejor. Que pasara el siguiente.[11]

[9] El brasero de «cisco» o carbón vegetal, por mala combustión, produce emanaciones gaseosas que intoxican y producen dolor de cabeza: el «tufo».
[10] Nombre comercial de unas inyecciones de calcio. [11] La segunda parte del párrafo está construida en estilo indirecto libre.

Todas las mañanas, cuando salía a barrer el portal, Paca miraba con ojos aletargados el anguloso, mondo, desolado esqueleto de los árboles de la plazuela, que entre sus cuernos negros y yertos enganchaban la niebla en delgado rasgones, retorciéndola, desmenuzándola, dejándola ondear, como a una bufanda rota. Y sentía el corazón acongojado. Parecían los árboles palos de telégrafos espantapájaros. Palos muertos, sin un brote, que se caerían al suelo.

«Si viniera la primavera me pondría buena —pensaba—. Pero qué va a venir. Sería un milagro».

Nunca había habido un invierno como aquél; parecía el primero de la tierra, que iba a durar siempre, como por castigo. No vendría la primavera como otras veces; aquel año sí que era imposible. Tendría que ser un milagro.

«Si los árboles resucitaran —se decía Paca, como empeñándose en una importante promesa—, yo también resucitaría».

Y un día vio que, durante la noche, se habían llenado las ramas de granitos verdes, y otra mañana oyó, desde las sábanas, pasar en tropel dislocado y madrugador a los vencejos, rozando el tejadillo del patio, y otro día no sintió cansancio ni escalofríos al levantarse, y otro tuvo mucha hambre. Salió ensordecida y atónita a una convalecencia perezosa, donde todos los ruidos se le quedaban sonando como dentro de una campana de corcho. Había crecido lo menos cuatro dedos. Se le quedó corto el traje y tuvo que sacarle el jaretón.[12] Mientras lo descosía se acordaba de Cecilia. Si ella estuviera se habrían

[12] El «jaretón» es un dobladillo muy ancho en la parte baja del vestido.

medido a ver cuál de las dos estaba más alta. Casi todos los años se medían por aquellas fechas. Cecilia se enfadaba porque quería haber crecido más, y le agarraba a Paca los pies descalzos, se los arrimaba a la pared: «No vale hacer trampas, te estás empinando». Apuntaban las medidas en el pasillo de atrás, en un saliente de la pared, al lado del armario empotrado. Escribían las iniciales y la fecha y algunas veces el lápiz rechinaba y se desconchaba un poquito la cal. Ahora habían tirado aquella pared, lo andaban cambiando todo. Estaba el piso lleno de albañiles y pintores, porque en junio venían los inquilinos nuevos.

La primavera se presentó magnífica. Por el patio del fondo se colaba en la portería desde muy temprano un paralelogramo de luz apretado, denso, maduro. A Paca le gustaba meterse en él y quedarse allí dentro quietecita, con los ojos cerrados, como debajo de una ducha caliente. En aquella zona bullían y se cruzaban los átomos de polvo, acudían a bandadas desde la sombra, coleaban, nadaban, caían silenciosamente sobre los hombros de Paca, sobre su cabeza, se posaban en una caspa finita. Algunas veces, los días que ella tardaba un poco más en despertarse, el rayo de sol la venía a buscar hasta el fondo de la alcoba y ponía en sus párpados cerrados dos monedas de oro que se le vertían en el sueño. Paca se levantaba con los ojos alegres. Todo el día, mientras trabajaba en la sombra, le estaban bailando delante, en una lluvia oblicua de agujas de fuego, los pececillos irisados que vivían en el rayo de sol.

La portería era una habitación alargada que tenía el fogón en una esquina y dos alcobas pequeñas mal tapadas con cortinillas de cretona. A la entrada se estrechaba en un pasillo oscuro y al fondo tenía la puerta del patio por donde entraba la luz. El suelo era de baldosines colorados y casi todos estaban rotos o se movían. Había en la habitación un armario, con la foto de un militar metida en un ángulo entre el espejo y la madera, cuatro sillas, la camilla, los vasares de encima del fogón y la máquina de coser, que estaba al lado de la puerta del patio y era donde daba el sol lo primero, después de bajar del calendario plateado, que tenía pintada una rubia comiendo cerezas.

Cuando Paca era muy pequeña y todavía no sabía coser a la máquina, miraba con envidia la destreza con que su madre montaba los pies sobre aquella especie de parrilla de hierro y los columpiaba para arriba y para abajo muy deprisa, como galopando. Aquel trasto que sonaba como un tren y que parecía un caballero gacho y descarnado, fue durante algún tiempo para ella el único juguete de la portería. Ahora volvía a mirar todas estas pobres y vulgares cosas a la luz de aquella rebanada de sol que las visitaba cotidianamente para calentarlas.

Por las tardes, la señora Engracia sacaba una silla a la puerta de la casa y se sentaba allí a coser con otras mujeres. Paca también solía ponerse con ellas. Las oía hablar sin pensar en nada, sin enterarse de lo que estaban diciendo. Se estaba a gusto allí en la rinconada, oyendo los gritos de los niños que jugaban en medio de la calle, en los jardines del centro. Saltaban en las puntas de los pies, se perseguían, agitando sus cariocas de papel de colores, que se lanzaban al aire y se enganchaban en los árboles, en los hierros de los balcones; hormigueaban afanosos para acá y para allá, no les daba abasto la tarde. Levantaban su tiempo como una antorcha y nunca lo tenían lleno. Cuando el cielo palidecía, los mayores les llamaban por sus nombres para traerlos a casa, para encerrarlos en casa, les pedían por Dios que no gritaran más, que no saltaran más, que se durmieran. Pero siempre era temprano todavía y la plaza empezaba a hacerse grande y maravillosa precisamente entonces, cuando iba a oscurecer y el cielo se llenaba de lunares, cuando se veían puntas rojas de cigarro y uno corría el riesgo de perderse, de que viniera el hombre negro con el saco a cuestas. A aquellas horas de antes de la cena, algunas niñas pobres del barrio —la Aurora, la Chati, la Encarna— salían a saltar a los dubles[13] con una soga desollada. Le decían a Paca: «¿Quieres jugar?», pero ella casi nunca quería, decía que estaba cansada.

—Ya estoy yo grandullona para andar saltando a los dubles —le explicaba luego a su madre.

Una mañana vino el cartero a mediodía y trajo una tarjeta de brillo con la fotografía de una reina de piedra que iba en su carro tirado por dos leones.[14] Paca, que cogió el correo como todos los días, le dio la vuelta y vio que era de Cecilia para las niñas del segundo. Se sentó en el primer peldaño de la escalera y leyó lo que decía su amiga. Ahora iba a un colegio precioso, se había cortado las trenzas, estaba aprendiendo a patinar y a montar a caballo; tenía que contarles muchas cosas y esperaba verlas en el verano. Luego, en letra muy menudita, cruzadas

[13] Para saltar a «dubles» con la comba, hay que dejar pasar la cuerda bajo los pies dos veces antes de cada salto. [14] Una postal de la fuente de Cibeles, en Madrid.

en un ángulo, porque ya no había sitio, venían estas palabras: «Recuerdos a Paca la de abajo».

Paca sintió todo su cuerpo sacudido por un violento trallazo. A la puerta de los ojos se le subieron bruscamente unas lágrimas espesas y ardientes, que parecían de lava o plomo derretido, y las lloró de un tirón, como si vomitara. Luego se secó a manotazos y levantó una mirada brava, limpia y rebelde. Todo había pasado en menos de dos minutos. Entró en la portería, abrió el armario, buscó una caja de lata que había sido de dulce de membrillo, la abrió y sacó del fondo, de debajo de unos carretes de hilo de zurcir, un retrato de Cecilia disfrazada de charra y unas hojas escritas por ella, arrancadas de aquel cuaderno gordo con tapas de hule. Lo rompió todo junto en pedazos pequeños, luego en otros pequeñísimos y cada uno de aquéllos en otros más pequeños todavía. No se cansaba de rasgar y rasgar, se gozaba en hacerlo, temblaba de saña y de ira. Se metió los papeles en el hueco de la mano y apretaba el puño contra ellos hasta hacerse daño. Luego los tiró a un barreño que estaba lleno de mondas de patata. Se sintió firme y despierta, como si pisara terreno suyo por primera vez, como si hubiera mudado de piel, y le brillaban los ojos con desafío. Paca la de abajo, sí, señor; Paca la de abajo, la hija de la portera. ¿Y qué? ¿Pasaba algo con eso? Vivía abajo, pero no estaba debajo de nadie. Tenía sus apellidos, se llamaba Francisca Fernández Barbero, tenía su madre y su casa, con un rayo de sol por las mañanas; tenía su oficio y su vida; suyos, no prestados, no regalados por otro. No necesitaba de nadie; si subía a las casas de los otros era porque tenía esa obligación. Como ahora, a llevar el correo del mediodía.

Salió al portal con la tarjeta y echó por la escalera arriba. En el primer rellano se encontró con Adolfo, el chico del zapatero, que bajaba con unas botas en la mano.

—Adiós, Paca. Dichosos los ojos. ¿Dónde te metes ahora?

Ella se quedó muy confusa, no entendía.

—¿Por qué dices «ahora»?

—Porque nunca te veo. Antes venías muchas veces a esconderte al taller con las otras chicas cuando jugabais al escondite...

Paca le miró con los ojos húmedos, brillantes, y parecía que los traía de otra parte, como fruta recién cogida.

—¡Ah, bueno! Dices antes, cuando yo era pequeña.

—Es verdad —dijo Adolfo, y la miraba—. Te has hecho una mujer. ¡Qué guapa estás!

La miraba y se sonreía. Tenía los dientes muy blancos y una pelusilla negra en el labio de arriba. Paca se azaró.

—Bueno, me subo a llevar este correo.

El chico la cogió por una muñeca.

—No te vayas, espera todavía. Que nos veamos, ¿quieres? Que te vea alguna vez. Me acuerdo mucho de ti cuando oigo a las chicas jugar en la plaza y creo que vas a venir a esconderte detrás de mi silla. Dime cuándo te voy a ver.

A Paca le quemaban las mejillas.

—No sé, ya me verás. Suelta, que tengo prisa. Ya me verás. Adiós.

Y se escapó escaleras arriba. Llegó al segundo, echó la tarjeta de Cecilia por debajo de la puerta (ni siquiera se acordaba ya de la tarjeta), siguió subiendo. Quería llegar arriba, a la azotea, donde estaban los lavaderos, y asomarse a mirar los tejados llenos de sol, los árboles verdes, las gentes pequeñitas que andaban —«tiqui, tiqui»— meneando los brazos, con su sombra colgada por detrás. Se abrió paso entre las hileras de sábanas tendidas. Vio a Adolfo que salía del portal y cruzaba la plaza con la cabeza un poco agachada y las botas en la mano. Tan majo, tan simpático. A lo mejor se iba triste. Le fue a llamar para decirle adiós. Bien fuerte. Una..., dos... y tres: «¡¡Adolfoooo!!», pero en este momento empezaban a tocar las campanas de la iglesia de enfrente y la voz se le fue desleída con ellas. El chico se metió en su portalillo, como en una topera. A lo mejor iba pensando en ella. A lo mejor le reñían porque había tardado.

Sonaban y sonaban las campanas, levantando un alegre vendaval. A las de la torre de enfrente respondían ahora las de otras torres. Las campanadas se desgajaban, se estrellaban violentamente. Paca las sentía azotando su cuerpo, soltándose gozosas por toda la ciudad, rebotando despiadadamente contra las esquinas: «Tin-tan, tin-tan...».

Le había dicho que era guapa, que la quería ver. Había dicho: «Cuando venías a esconderte con las otras chicas», ni siquiera se había dado cuenta de que iba siempre con la misma, con la niña más guapa de todas. Él sólo la había visto a ella, a Paca la de abajo, era a ella a quien echaba de menos, metidito en su topera. «Que te vea alguna vez —tin-tan, tin-tan—, que te vea alguna vez».

Arreciaba un glorioso y encarnizado campaneo, inundando la calle, los tejados, metiéndose por todas las ventanas. Más, más. Se iba a llenar todo, se iba a colmar la plaza. Más, más —tin-tan, tin-tan—, que sonaran todas las campanas, que no se callaran nunca, que se destruyeran los muros, que se vinieran abajo los tabiques y los techos y la gente tuviera que escapar montada en barquitos de papel, que sólo se salvaran los que pueden meter sus riquezas en un saquito pequeño, que no quedara en pie cosa con cosa.

Sonaban las campanas, sonaban hasta enloquecer: «Tin-tan, tin-tan, tin-tan...»

(Balneario de Alzola, agosto de 1953)

Ana María Matute

La isla

Le pareció que era un día como todos los días. Pero en cuanto el aire le dio en la cara notó que había algo diferente en el color del cielo, o quizás en las últimas hojas de los árboles. En lugar de tomar la calle de los Generales, Perico torció a la derecha, y desembocó en aquella otra que llevaba a la tierra encarnada de los alfareros. Perico se puso a silbar, y pensó: «Si no voy al colegio hoy se enterarán en casa: porque el director mandará en seguida aviso... Pero no me importa. Ahora lo voy a pasar bien». Sólo había hecho novillos una vez, y le salió mal, porque no sabía mentir.

Aya no le dejaba nunca pasar por la calle roja de los alfareros, donde había casas muy raras y pequeñas, como torcidas. Estaban hechas de ladrillo sin revocar,[1] construidas por los mismos hombres que vivían dentro. Tenían ventanas y puertas de madera sin cepillar, y por el centro del arroyo había niños con los pies teñidos por aquella hermosa tierra. A aquel barrio le llamaban de los alfareros, aunque allí ya no vivía ninguno de ellos. Aya le explicó una vez: «Los alfareros se fueron hace muchos años, porque eran judíos». Cuando era más pequeño

[1] sin enlucir, sin rematar.

esto le daba miedo, y por las noches soñaba que entraban los judíos a moldear vasijas húmedas al pie de su cama, mirándole con sus ojos tristes y ladinos.[2] Se reían de él, y le querían llevar a un país de donde no se vuelve nunca. Pero hoy, que ya tenía ocho años, estas cosas no le atemorizaban.

En el arroyo, a aquellas horas, no había muchachos jugando. Sólo niños pequeños, en brazos de mujeres, porque los mayores estaban todos en la escuela municipal. Perico se dijo: «También se aburren los pobres». El aire frío le daba en la cara, y el cielo, de un azul muy pálido, se cruzó de un pájaro que parecía un gorrión y que chillaba. Perico llegó al final de la calle, donde había una barraca más pequeña que las otras, pero rodeada por un pedazo de tierra, como un jardín. Como valla habían puesto un cerco de macetas viejas, cacharros y latas, llenos de tierra y flores. Era una valla enana y muy bonita, porque no impedía la vista del otro lado, sin que nadie se molestase. Un hombre y una mujer estaban sentados en el suelo y miraban algo. Y lo que miraban era su redondel de tierra, donde habían plantado un limonero muy jovencito, tanto, que apenas era un arbusto. Se notaba que estaban orgullosos de él. Perico vio como el hombre y la mujer movían los labios, hablando bajito. La mujer tenía en las rodillas un niño de ésos que no hablan todavía y sólo miran a las nubes. Perico pensó que hablaban en voz baja del limonero. «Es raro, parece domingo. A lo mejor, Aya se ha equivocado: me ha puesto los libros en la cartera y me ha vestido el abrigo del colegio. Me dio

[2] astutos.

dinero para el autobús, y resulta que es domingo, y todo esto no debe de ser así». Entonces se acercó a la valla de macetas. Sólo quedaban en ella unos claveles de color rosa, un poco mustios, con sus tallos largos arrastrándose hacia la tierra. Preguntó:

—Óiganme, ¿acaso es hoy un día de fiesta?

La mujer levantó sus ojos, negros y muy brillantes:

—Sí, es fiesta, ¿no ves que estamos descansando? Un niño como tú, tan bien vestido, y con sus libros en la espalda, debería saber estar cosas.

Perico se ruborizó:

—Yo creía...

Pero el hombre levantó una mano y él cortó:

—Basta, basta, no digas nada. Acércate, si quieres. Te daremos un vaso de agua y mirarás nuestro árbol.

Perico saltó por encima de las matas.

—Gracias: es cierto, tengo mucha sed.

—Ya lo sé. Cuando yo tenía tu edad siempre pedía agua. En cuanto iba de visita, decía «tengo sed».

Perico comprendió que estaba de visita, y se sentó con mucho respeto en el suelo. La mujer entró en la barraca y salió con un vaso de cristal verde que brillaba al sol. El hombre dijo:

—Fíjate que el sol de octubre no se parece nada al de otros meses.

Aya le había explicado muy bien cómo debía comportarse en las visitas, y Perico bebió hasta el final su vaso de agua. Aquel agua estaba muy fría. Al devolver el vaso su mano rozó la de la mujer, que estaba mojada, hinchada y roja, y se dijo: «A esta mano la quiero. Se parece a otra mano, no sé cuál, pero la quiero». Fue a darle un beso en la palma, pero la mujer la apartó en seguida. Y le pareció que se enfadaba de mentirijillas, como cuando Aya se quería poner severa:

—¡Qué cosas tiene este niño! Hala, hala, a jugar: eso es lo único que se debe hacer a tu edad.

El hombre se echó a reír. Perico estaba muy avergonzado, y aquella risa le dispersó las nubes. Y dijo el hombre:

—No le avergüences al chico, que es de la ciudad de los ricos y tiene otras costumbres. Anda, vete a jugar.

—¿Dónde?

—Mira, tuerce ahí a la derecha, y verás una planicie donde están armando la feria.

Perico saltó sobre los claveles y se volvió a decirles adiós con la mano. Pero ellos ya no le miraban. Sólo tenían ojos para su limonero, y seguían hablando bajito, moviendo apenas los labios. Como si decidieran en secreto lo que harían cuando recogieran los limones en una cesta, y los acercaran a la nariz, y mordieran sus hojas, cerrando los ojos.

Perico echó a correr. Estaba muy contento, como si el agua que bebió le hubiera llenado todo el cuerpo de fiesta.

Llegó a la planicie, y vio a unos hombres que clavaban en el suelo unos palos muy largos, con banderas flotantes en la punta. Era como si hubiera pasado por allí un barco muy grande, y se hubiera olvidado algo. Perico se acercó a uno de los hombres, que estaba encaramado en uno de aquellos mástiles, y le preguntó:

—¿Pasó un gran barco por aquí, verdad?

Los hombres se echaban cuerdas unos a otros, y las cogían en el aire. El viento levantaba sus cabellos, se llevaba la voz de Perico, y no le entendían: sólo le miraban, sonriendo. Perico repitió la pregunta, y al fin, un hombre, que estaba levantando una barraca allí al lado, dijo:

—¿De qué barco hablas, niño? Aquí no está el mar. Si quieres ir al mar tienes que subir a la colina: allí, al otro lado, lo verás. Pero te aconsejo que te quedes, porque vamos a armar una feria muy hermosa, y te divertirás. ¿Cuánto dinero llevas?

—Todo el dinero del autobús —dijo Perico, metiéndose la mano en el bolsillo.

—¡El dinero del autobús! Es poco dinero: si quieres, puedes marcharte al mar. A lo mejor te dejan subir en una barca.

Por una esquina irrumpió un tropel de pilletes, de esos que Aya no quería. Iban todos descalzos y gritando. Le empujaron y le tiraron al suelo. Se manchó de barro. Uno de los pilletes le sujetó por los brazos, otro le quitó los zapatos, gritando:

—¡Para mi hermano!

Salió corriendo, y cuando Perico se levantó del suelo, estaba descalzo, tan sucio y despeinado como los pilletes. Ellos le tomaron por uno de la banda, y el más alto, que fumaba una colilla, preguntó:

—¿Dónde se fue aquel pájaro?

Perico se encogió de hombros. Otro de los chicos le tocó la mochilita que llevaba a la espalda, con los libros:

—¿Dónde afanaste eso?

Se volvió a encoger de hombros, y le dejaron tranquilo. Siguieron corriendo, y él detrás. Casi todas las barracas de la feria estaban ya levantadas, y empezaba a sonar la música. Tenía un gran eco, como cuando se grita dentro de una cueva. Era una canción que había oído antes, y aunque no entendía lo que decía, le daba una tristeza muy dulce.

De la tierra se levantó niebla: y como aquella era la tierra de los alfareros, era también una niebla rojiza y misteriosa. Perico apenas distinguía las piernas de los pilletes. De pronto, todos se pararon frente a un puesto de tiro al blanco, gritando, para que el hombre les dejara probar suerte. Pero el hombre movía de un lado a otro la cabeza, mirando hacia la colina con las manos en los bolsillos, como si lo que oía no fuera con él. Los pilletes le odiaban, pero le sonreían y extendían las manos. Al fin, el hombre dijo:

—Dinero.

Los pilletes le amenazaron con el puño. Sus lenguas se movieron de prisa, y Perico oyó palabras que no entendía. Se acordó entonces del dinero para el autobús, y se acercó al mostrador. Como era más bajo que ninguno, se tuvo que poner de puntillas, y en cuanto extendió la mano con sus monedas, al hombre le brillaron las gafas.

—A ver —dijo.

Contó el dinero y dejó de sonreír. Pero tomó una flecha y un arco, y se la dio:

—Puedes probar suerte, por una sola vez.

Los pilletes le rodearon; le daban con el codo y le deslizaban muchos consejos en el oído. Él temblaba y sentía una emoción muy grande. Entre los premios había botellas, collares, muñecas, osos de felpa y muchas otras cosas. Nada de aquello le gustaba, pero descubrió unas letras de oro que decían: ISLA.

—¿Isla? —preguntó.

—Sí. Es el Gran Premio.

—¿Qué debo hacer para ganarlo?

—Ésa es la diana más difícil. Si das en el blanco, que se mueve siempre, que nunca se está quieto...

—¿Qué pasará?

—Ganarás una isla.

Perico dio un grito de alegría:

—¡Siempre quise una isla para mí!

El hombre le miraba muy serio, a pesar de que se le veían los dientes.

—Bueno, te dije el blanco, la diana...

—¡Se mueve! —decían los golfillos en su oído—. ¡La diana se mueve, hace trampa!

El hombre levantó las dos manos:

—Bien, hago trampas: y él, que nunca hizo, dará en el blanco...

Los pilletes callaron y bajaron la cabeza, porque estaban llenos de trampas y nunca ganarían la isla. Perico se sintió muy seguro:

—Allá voy: quiero la isla.

Apuntó, y le temblaban las manos. El hombre se puso verde de envidia.

—Recuerda, recuerda si nunca hiciste trampa...

La flecha salió disparada y dio en el blanco.

El hombre lanzó una agria carcajada.

—¿De qué se ríe? —dijeron los pilletes. También Perico estaba muy asombrado.

—Ya dije que yo hago trampa —comentó el hombre—. Ya veis: no advertí que se debía disparar y acertar tres veces para alcanzar la isla. Y este muchacho ya no tiene más dinero.

Los golfillos empezaron a gritar, y se agacharon al suelo buscando piedras. Perico se acordó de su carterita con libros. Se la desprendió de la espalda y la ofreció al hombre:

—Oígame usted, señor: ¿sirve esto en vez del dinero?

El hombre dejó de reír y tomó la cartera con gran avidez. Tenía unas manos largas y duras, de uñas amarillas. La palpó, y vio que era de cuero lustroso, limpio y nuevo. Luego examinó los libros de Matemáticas, y arrojó fuera la Geografía y el Catecismo.

—Vale —asintió, secamente.

Perico apuntó de nuevo. La diana se movía en círculo. Temblaba. También sus manos, que tensaban la cuerda. Pero, al fin, la flecha se clavó en el blanco.

Los ojos del hombre estaban helados.

—Bien, acertaste por segunda vez, pero, ¿y el dinero para la tercera?

Los golfillos gritaron y le amenazaron:

—¡Te vamos a deshacer el puesto! ¡Te lo haremos astillas y luego le prenderemos fuego!

Perico se quitó el abrigo. El hombre lo palpó concienzudamente, lo volvió del revés, rascó con la uña una motita que había en el cuello. Al fin dijo:

—Vale —como un mordisco.

Los golfillos miraban con asombro a Perico, que estaba descalzo y lleno de frío. Tensó el arco y la flecha acertó, vibrando.

Súbitamente, dispersándose, los golfillos huyeron. Perico miró a su alrededor, asustado. Allá, por el cielo, huía un tropel de golondrinas. Frente a él estaba el mar, muy serio y solemne. No había hombre, ni feria: sólo aquellos mástiles, ahora clavados en la arena, en lugar de en la roja tierra de los alfareros. En la punta ondeaban las banderas, como gaviotas. El frío había cesado, y, en su lugar, un calor dulce le bañaba, y la brisa hinchaba su camisa, como una vela.

Del mar surgía la isla. Era de oro, y tenía árboles y pájaros.

II

Aya fue la que lo explicó a las otras muchachas, a la mujer del portero, y al hombre que traía la verdura.

—Era un niño muy bueno, y nunca hacía novillos.

Se callaba que una vez los había hecho, porque, ahora, ¿quién iba a sacarle los defectillos? Además, lo había confesado.

La mujer del portero lloraba, las muchachas, con sus cestas al brazo, lloraban, y el hombre que traía la verdura se quedó serio, mirando al suelo.

—Ahora su madre recuerda que cuando el niño venía del colegio ella no estaba nunca en casa; y su padre cae en la cuenta de que siempre estaba de viaje. Pero es muy tarde para acordarse de esas cosas, y se han encerrado en esa habitación, escuchando el tictac del reloj.

Aya era la única que no lloraba. Y, sin embargo, Aya fue la única que estuvo siempre con Perico: era ella la que descorría las cortinas para que entrara el sol en la cama; la que llenaba la bañera de agua caliente, que empañaba el espejo. La que le servía el chocolate y untaba el pan con mantequilla, la que le daba las monedas para el autobús. Aya era la que limpiaba los zapatos y cosía los botones, la que le tomaba la lección de Geografía —que era la bonita— y se olvidaba de las Matemáticas y de los verbos irregulares. Aya fue la que siempre estuvo en casa. Y decía:

—Era un niño muy bueno, nunca hacía novillos. Su padre y su madre llevaban su fotografía en el bolsillo, y la enseñaban para decir: «Es mi hijo». Ahora, están llorando.

Ahora, Aya no hacía falta en la casa. Hizo su maleta: guardó su ropa, sus delantales, sus zapatos, y un libro de Geografía que encontró debajo de la cama de Perico.

Seguramente había muchos niños en la ciudad que la necesitaban. Ella llevaba una carta que decía: «Aya es muy buena, los niños necesitan de Aya». Porque los padres de Perico sentían remordimiento al verla con las manos vacías sobre el delantal, mirando hacia la calle de los Generales, por donde pasaba el autobús, con sus ventanillas llenas de niños que hacían dibujos en el vaho.

Aya estuvo en muchas casas. A todos los niños los trató como a Perico, y con todos se sentía muy feliz y muy triste. La Geografía de Perico la guardaba siempre: la forró de cretona, y, cuando había acostado a los niños, encendía una lamparilla y la miraba.

Sobre todo una lámina donde había una isla, marcada con una cruz roja.

—Esta cruz la hizo Perico— se decía. Aunque ya casi lo confundía con otros niños. Y, al final ya no sabía quién era Perico, entre todos ellos.

Un día Aya vio que sus cabellos estaban blancos y que sus manos temblaban. Tanto es así que la taza se le cayó de las manos y se rompió. Entonces, la madre dijo:

—Aya, debería usted descansar.

Al oír esto, Aya, que era tan valiente y decía que el coco era de mentira y que el demonio era un pobre diablo, Aya, que encendía lamparillas de aceite cuando la sombra se ponía mala, Aya, que se reía de los cuentos de miedo, se puso a temblar. Y la madre dijo:

—Vamos, vamos, Aya, sea razonable.

La llevaron a una casa donde había otras mujeres como ella, que miraban por las ventanas, salían al patio cuando tocaba la campana y decían:

—Bien que trabajamos aún: serviremos para algo, digo yo...

Aya conservaba su Geografía. A veces, pasaba las hojas, porque esperaba que en ellas encontraría los retratos de sus niños. Y era verdad, que era como un álbum; pero en lugar de aquellos niños se le aparecían abogados, marinos, truhanes, dentistas y señoras que ella no conocía.

Un día que estaba enferma llegó un gorrión a la ventana, y la llamó:

—¿Te acuerdas de Perico?

Aya dijo que sí, aunque no era cierto.

—Tiene una isla —dijo el gorrión—. Una isla que navega sin velas. Creo que mañana pasará por aquí.

—Me alegraría saludarle —dijo Aya, cortésmente.

Y esta idea la iluminó toda, porque de pronto le había llegado como una estrella a la frente.

Al día siguiente, Perico se asomó a la ventana y la llamó. Ella apenas movía la cabeza en la almohada, pero lo distinguió:

—¡Sin abrigo! ¿No ves que hace frío? ¡Qué locura!

—Aya, ven a mi isla.

—¿Cuál isla, hermoso? —de pronto todo estaba iluminado y apacible—. Tantas islas vi, que ya no sé de cuál me estás hablando. ¿Sabes? Todos los niños hablan de su isla. Luego, crecen.

—Sí. Pero recuerda que yo no me hice hombre, y que marqué mi isla en la Geografía, y que tú la recogiste de bajo mi cama. Vamos, Aya, ven pronto, no seas pesada: mi isla no tiene mucha paciencia. Fui navegando por todas las costas y quise invitar a mucha gente; una vez vi a un hombre y a una mujer que habían plantado un limonero, y les llamé: pero ellos no me conocían ya, y su limonero había crecido, y su hijo también. Estaban muy viejos y mordían las hojas, y decían: «¿Recuerdas este aroma?». Ya no estaba el limonero en aquella tierra de los alfareros, y su hijo había comprado un camión de seis ruedas, y fumaba mucho. Yo les dije: «Devolvedme la visita, yo también tengo agua, la beberéis de una fuente que nace del centro mismo de mi isla». Pero ellos no entendían, y decían sólo: «Hay temporal». Luego, llamé a los pilletes, y tampoco me comprendieron: uno estaba en una jaula, agarrado a los barrotes; otros iban muy serios, o bebían vino; y uno de ellos, el que me quitó los zapatos, conducía un automóvil de color azul. Y cuando yo les llamaba se reían y se encogían de hombros. Sólo el que estaba en la jaula se echó a llorar, y luego me amenazó con el puño. También vi al hombre del tiro al blanco, que estaba dando de comer a su perro. Pero el hombre ni siquiera me oía, y le decía al perro: «Te doy de comer para que guardes bien el puesto». Estaba tan viejo que parecía de cartón.

—Eres un niño poco juicioso —dijo Aya, frunciendo el ceño, aunque su voz era muy dulce—. Lo primero que debiste hacer fue llamar a papá y mamá.

—Ya lo hice —contestó Perico—. Fui a por ellos, pero estaban de viaje.

Aya volvió del todo la cabeza hacia la ventana. Ya no estaba allí Perico. Sólo, en el vaho del cristal, se recortaba la silueta brillante de su cabeza. Era como si alguien hubiera roto el cristal, y Aya pensó: «Dios mío, cuando lo vea sor Consolación...».

Oyó la voz de Perico, que decía:

—No seas tonta, Aya. Escápate por ahí: aquí abajo estamos el mar y mi isla.

—¿Cómo va a estar el mar? Ahí debajo está el patio, con sus muros, y el viento.

—Vamos, Aya, qué tonta eres, ¿no te acuerdas de que soy Perico, que nunca mentía? ¡La isla se impacienta!

Entonces, Aya recordó claramente a Perico. Ya no lo podía confundir con ningún otro niño. Se levantó de la cama, despacio pero sin dolor. Se asomó al agujero del cristal, y vio el mar.

—Nunca hiciste trampa —dijo—. Era verdad, nunca hiciste trampa.

Y bajó a la isla, que tenía mucha prisa por alejarse de allí.

(1961)

Propuesta de actividades

The Last Supper
de Francisco Ayala
(1ª edición: 1953)

① El relato está sustentado sobre el diálogo de dos personajes: dos antiguas amigas que vuelven a encontrarse después de muchos años. Si lo has leído atentamente, habrás podido apreciar rasgos físicos y psicológicos distintos en ambas. Realiza el retrato que se desprende de dichos rasgos descriptivos.

② El arranque del relato le hace pensar al lector que va a encontrarse con un narrador externo, ajeno a la historia. Pero, poco a poco, Trude va convirtiéndose en narradora interna e imponiendo su punto de vista. Más tarde volvemos a encontrarnos con una voz narradora menos comprometida. Trata de localizar en el texto expresiones y fórmulas que lo confirmen.

③ Lo sugerido es a veces en el relato tan relevante como lo narrado expresamente. Trude le cuenta a Sara pormenorizadamente su peripecia de los últimos años; pero a duras penas puede referirse al capítulo europeo de su historia. Por los datos de la conversación, trata de reconstruir esa parte de la historia.

④ El humor, cruel a veces, recorre toda la primera parte del relato desde la propia ambigüedad del título, pasando por la localización ridícula del encuentro o la sensibilidad estética de Bruno para los negocios. Redacta un breve informe sobre este tema: «Los mecanismos de humor en *The Last Supper*».

(5) Algunas expresiones de Trude denotan su estancia en países de Hispanoamérica. Localízalas y comenta su uso.

(6) Todos los relatos incluidos en *Historia de macacos*, como *The Last Supper*, presentan historias vulgares en las que los personajes se debaten intentando encontrar significado a sus vidas. El humor y la sátira suelen dejar paso a un estado de sobrecogimiento y amargura. ¿Cómo se cumplen estas notas en el presente cuento?

El club de los mesías
de Camilo José Cela
(1ª edición: 1943)

(1) Este relato de aventuras se enmarca en una situación cotidiana, visible al comienzo y al final. ¿De qué situación se trata? ¿Cómo influye el marco en la voz narrativa?

(2) La división del cuento en tres breves capítulos debe responder a algún criterio. Comenta cuál ha podido ser el principio organizador.

(3) La narración clásica suele arrancar desde un acontecimiento inicial. Pero a veces se produce el comienzo *in medias res*, es decir, a la mitad, en un punto intermedio. ¿Cómo comienza la narración de Juanito? ¿En qué lugar del relato comienza realmente? ¿Cómo puedes relacionar lo narrado por Juanito con lo narrado por el otro narrador?

(4) Cela ha sido siempre un maestro en la utilización literaria del lenguaje coloquial. Localiza los usos coloquiales del relato y comenta qué aportan en cuanto al conocimiento del protagonista.

(5) Una simple frase puede funcionar como elemento de anticipación de la narración posterior. Obsérvalo en el arranque del capítulo II. ¿Qué relación establece el primer párrafo con el resto del capítulo?

(6) En boca de Juanito pone el autor algunas notas sobre la visión tópica de la vida en Estados Unidos, obtenida a través del cine. Algunos breves episodios nos parece haberlos visto antes en las viejas comedias de Hollywood. Enumera estos elementos de ambiente y comenta su valor dentro del relato.

(7) Mediante el diálogo que Juanito entabla con los socios del Club, completamos la visión del personaje. Cela podía haber recurrido a la

descripción típica del retrato, pero ha preferido que el protagonista se deje ver a través de su discurso. ¿Cómo lo describirías mediante el procedimiento del retrato literario?

(8) El corte que se produce en el capítulo III deja el relato abierto para otra sesión de tertulia a la que ya no podrá asistir el lector. Inventa una continuación coherente que llene el hueco de diez años durante los cuales Juanito dice haber sido presidente de la Cámara de Comercio.

(9) Este relato presenta alguna de las características de la novela picaresca. Repasa tus conocimientos al respecto y escribe las conclusiones.

(10) El capítulo II se presta a alguna actividad de dramatización. Podéis, por ejemplo, convertir la clase en la Philanthropic Society y representar la historia que allí se desarrolla. Para ello, previamente, deberéis proceder a convertir el texto narrativo en puro diálogo dramático.

La conferencia
de Miguel Delibes
(1ª edición: 1954)

(1) Un elemento aparentemente descriptivo puede tener relevancia excepcional y convertirse en motor de la narración: en este caso, el frío. Realiza un inventario con todas las palabras y expresiones relacionadas por léxico o contexto con *frío* y su antónimo *calor*. Redacta una breve conclusión.

(2) Decimos que un tema o una expresión son recurrentes cuando su reiteración en el texto adquiere carácter significativo. Las *caderas redondas* de la muchacha no son un simple rasgo descriptivo. ¿Qué papel cumplen dentro del relato en función de los demás personajes y del propio personaje de la muchacha?

(3) La técnica del narrador omnisciente consiste en que el autor adopta un punto de vista que le permite saberlo todo sobre los personajes: lo que dicen y lo que piensan, lo que ha ocurrido y lo que va a suceder. El narrador es el dueño y señor de la historia. ¿Cómo utiliza Delibes la técnica en este relato?

(4) Tres personajes relevantes, más otro cuarto al final intervienen en la historia. Delibes, con breves rasgos descriptivos y mediante el diálogo, los ha retratado magistralmente. Escribe tú su retrato desde la experiencia del lector, reflejando la impresión que te ha quedado de cada uno.

(5) Delibes nunca ha evitado en su narrativa algunos rasgos del castellano de Valladolid, como el leísmo y el laísmo. Hay dos casos en este cuento que debes localizar y comentar. Registra y comenta también los usos coloquiales.

(6) Hay una curiosa ruptura entre pensamiento y lenguaje, entre lo que piensan los personajes y lo que expresan. El resultado es la incomunicación, que podríamos aventurar como tema del relato. ¿En qué pasajes se hace más evidente este fenómeno? Teniendo esto en cuenta, ¿qué matiz adquiere ahora el título?

(7) Delibes ha empleado dos procedimientos para la expresión del estilo directo: las comillas y la raya. ¿A qué criterios responde el uso de cada uno de los dos modos? Coméntalo poniendo algunos ejemplos.

(8) En el texto encontramos diversos registros de lengua: culto (literario, académico), coloquial. Cita algún ejemplo de cada uno de ellos ¿Cómo se justifica su presencia en el relato?

(9) Si aislamos los trozos entrecomillados de la conferencia, podremos descubrir alguna intención social expresada a veces de forma irónica. ¿De qué se trata?

«Chico de Madrid»
de Ignacio Aldecoa
(1ª edición: 1950)

(1) Los temas de los diez cuentos de *Espera de tercera clase,* entre los que se encuentra *«Chico de Madrid»* son: los niños, los oficios y las gentes de baja condición social. ¿Cómo se tratan estos temas en el relato?

(2) La conducta de «Chico» nos presenta un testimonio neorrealista de la infancia desarraigada de Madrid en la posguerra. ¿Cómo resumes su perfil? Expresa tu opinión sobre las actividades a las que se dedica «Chico».

(3) El primer párrafo del cuento parece un manual de instrucciones más que una narración. ¿Cómo se justifica el tono expositivo? ¿Cómo enlaza con el resto del relato?

(4) El relato aparece dividido en seis fragmentos. Analiza su contenido y comenta cuál o cuáles han podido ser los criterios para establecer estas pausas narrativas.

(5) El ambiente en el que vive «Chico» es sórdido y Aldecoa lo presenta sin concesiones. Pero, por otra parte, abundan los rasgos de lirismo en la descripción, que convierten en literario lo que de otro modo podría haber sido un mero reportaje urbano. Otras veces, el lirismo hace que el lector se incline por «Chico», superada la impresión primera de rechazo que puede causarle. Localiza y comenta esos rasgos líricos. ¿Cuáles son las principales expresiones que transforman lo repulsivo en aceptable?

(6) Teniendo en cuenta el aspecto analizado en la actividad anterior y tu impresión personal sobre la lectura, ¿puedes deducir una postura

personal del autor en relación con el mundo que describe? ¿Cuál es tu postura personal respecto al tema de la infancia marginada en el lugar donde vives? Podríais montar un debate en la clase sobre este tema, procurando salvar la distancia del tiempo transcurrido desde la publicación de «Chico de Madrid» y refiriéndoos a la actualidad.

(7) Frente a «Chico» se alza el mundo de la sociedad urbana acomodada, con sus aficiones y su ejercicio de la autoridad. ¿Cómo presenta el autor este mundo? ¿En qué pasajes? ¿Qué deduces de esta confrontación?

(8) Opina sobre el final de la historia. Inventa otro final posible que guarde coherencia con el resto del relato. Deja, por ejemplo, que «Chico» viva algunos años más. Coloca tus asteriscos como testigos tipográficos del tiempo que ha pasado y ...

La chica de abajo
(1ª edición: 1953)

① Este relato es la historia de una amistad frustrada, pero es mucho más. Dos temas presentes en los cuentos de la primera época de Martín Gaite son: la injusticia social y las primeras decepciones infantiles. ¿Cómo se relacionan entre sí estos tres temas?

② El desenlace de la historia es un canto alborozado de libertad individual. Todo se ha vuelto luminoso y sonoro. Analiza los elementos simbólicos de la descripción que ayudan a crear esa sensación. Compáralos con los del comienzo de cuento.

③ Los dos personajes centrales, Paca y Cecilia, son muy distintos a pesar de su amistad. Las une la proximidad de los juegos y las separan los prejuicios sociales. Compón su retrato y a continuación resume la transformación de su relación y las causas del alejamiento sentimental entre ambas.

④ Los personajes secundarios también juegan un papel dentro de la historia. Enuméralos y trata de exponer cuál es esa función, sobre todo en relación con los dos personajes centrales.

⑤ Los cuentos de hadas han sido uno de los géneros de lectura preferidos por las chicas. En este relato son algo más que un puro elemento descriptivo. ¿Qué representan, sobre todo para Paca?

⑥ La autora se complace en éste y otros relatos en acumular detalles descriptivos creadores de ambiente, haciendo que el lector recorra su mirada interna, evocadora del recuerdo, por estancias, rincones y objetos. Cita algunos ejemplos y comenta su capacidad de evocación.

(7) Hay que imaginar la historia en los años 50. Ha transcurrido mucho tiempo y, en consecuencia, juegos costumbres, relaciones, oficios han cambiado. Para un lector joven este relato tiene un valor añadido al literario: el valor antropológico. Anota los elementos descriptivos o narrativos que te parezcan ya antiguos.

(8) En una narración (también en una pieza dramática) suele haber un nudo o *clímax*. Es el momento de inflexión a partir del cual se precipita el desenlace. En este relato está muy marcado ese momento. Localízalo, comenta su oportunidad y su fuerza para marcar un antes y un después.

(9) Cuando Paca, acompañada por su madre, acude al médico, éste dignostica y receta. Pero, en realidad, no habla él, sino el narrador. No se trata del estilo directo ni del indirecto. La autora ha utilizado el estilo indirecto libre. Busca el pasaje, subraya las líneas en que encuentres este recurso narrativo y comenta en qué consiste su uso, cómo se construye la frase. A continuación, transfórmalo en estilo directo utilizando los dos puntos y la raya; y después, en estilo indirecto.

(10) Si conoces Salamanca o visitas la ciudad, en la Plaza de los Bandos encontrarás la casa donde nació y creció Carmen Martín Gaite. En esa plaza colocó la autora la historia de *La chica de abajo*. Puedes rastrear allí el proceso de creación del relato, imaginando el ambiente de la época.

La isla
de Ana María Matute
(1ª edición: 1961)

(1) También el relato de Ana María Matute, como los de Aldecoa y Martín Gaite, tiene como protagonista a un niño. Puedes realizar un breve estudio de literatura comparada: «'Chico', Paca y Perico: tres formas distintas de construir un personaje infantil».

(2) Realidad y fantasía se mezclan en el relato, produciendo una sensación de arte ingenuo: todavía podemos reconocer la realidad cotidiana, pero se nos muestra idealizada. Analiza esta mezcla. ¿Qué es fantasía y qué es realidad en esta historia?

(3) Perico ha vivido su corta infancia con Aya y con sus padres. Estos otros personajes adultos juegan un papel que apenas es insinuado, pero que podemos descubrir si tenemos en cuenta su intervención en la historia. ¿Cuál es tu opinión sobre este asunto? Podéis debatirlo en grupo.

(4) El relato está construido en dos capítulos y, a su vez, cada uno de ellos consta de varias secuencias que se pueden distinguir claramente por los nuevos personajes o escenarios que van apareciendo. Si los enumeras, podrás descubrir la estructura, el andamiaje que sustenta el cuento.

(5) Esta historia es también una metáfora de la infancia perdida. ¿En qué pasajes puedes encontrar episodios o personajes que lo confirmen?

(6) La autora ha hecho crecer la tensión progresivamente en la secuencia de la caseta de tiro al blanco. Analiza los recursos de que se ha valido.

(7) También ha creado cierta tensión al final del relato. ¿Cómo interpretas el final? ¿Cómo lo interpretan tus compañeros?

(8) Lo social (la pobreza, los niños desvalidos) son en el relato algo circunstancial, meros pasos que hacen avanzar una historia concebida desde la fantasía. Pero sigue siendo reconocible un mundo de injusticia. ¿Cómo lo describirías?

(9) Uno de vosotros podría contar ahora el cuento a la manera tradicional. Ya sabéis: «Érase una vez un niño llamado Perico, que vivía...». Esta actividad serviría también como base para un diálogo posterior, porque seguramente no todos los lectores habrán entendido lo mismo. Estamos ante un texto «abierto».

Bibliografía

I. *PARA EL PROFESOR*

Amorós, Andrés, ed.: Francisco Ayala: *Obras narrativas completas*, México, Aguilar, 1969.
Es un extenso estudio de la personalidad literaria en conjunto de Francisco Ayala. Subraya la doble condición de intelectual y escritor del autor, que lejos de estorbarse se apoyan mutuamente.

Brandenberger, Erna: *Estudio sobre el cuento español actual*, Madrid, Editora Nacional, 1973.
Es uno de los pocos estudios extensos dedicados al género del cuento en el panorama de la literatura española contemporánea.

Ellis, Keith: *El arte narrativo de Francisco Ayala*, Madrid, Gredos, 1964.
Se trata de un resumen sobre la vida de Francisco Ayala y un excelente análisis de su obra narrativa. *Historia de macacos* es objeto de un extenso estudio (pp. 130-195). En la Conclusión, expone una visión de conjunto a la que sigue una extensa bibliografía.

Ilie, Paul: *La novelística de Camilo José Cela*, Madrid, Gredos, 1963; 3ª ed. aumentada, 1979.
Es una obra ya clásica que recorre la producción narrativa del escritor en sus diferentes épocas y la evolución de su estilo.

Martín Nogales, José Luis: *Los cuentos de Ignacio Aldecoa*, Madrid, Cátedra, 1984.
Es un estudio minucioso de la biografía y la producción literaria de Aldecoa, con especial atención a los cuentos. Dedica un extenso capítulo a notas de estilo. El prólogo de Jesús Fernández Santos evoca sentimentalmente a las principales figuras de aquella generación.

Nora, Eugenio de: *La novela española contemporánea (1939-1967)*, 2ª ed. ampliada, vol. III, Madrid, Gredos, 1971.

Presenta un panorama ordenado y completo de la narrativa de posguerra, imprescindible para entender la importancia de la generación de medio siglo. Ostenta el mérito de haber sido uno de los primeros estudios sistemáticos (la 1ª edición es de 1962) sobre el tema.

Puente Samaniego, Pilar de la: *La narrativa breve de Carmen Martín Gaite*, Salamanca, Plaza Universitaria Ediciones, 1994.

Dividido en dos partes, la primera estudia muy ampliamente el contexto generacional de la escritora. En la segunda, distingue tres épocas en la producción cuentística: 1953-1954, 1955-1960 y desde 1962. Hay un interesante estudio de *La chica de abajo*.

Rico, Francisco, ed.: *Historia y crítica de la literatura española*, Domingo Yndurain, coord.: *Época contemporánea: 1939-1980*, VIII, Madrid, Crítica, 1981.

El capítulo 3, dedicado a la novela, presenta un panorama sinóptico sobre los textos críticos más apreciables en torno a la generación de medio siglo y a la narrativa del exilio, acompañado de algún fragmento de dichos textos. Sin embargo, se echan de menos textos específicos sobre Aldecoa, Martín Gaite y Ana María Matute que sí aparecen en el suplemento (*Primer suplemento*. Santos Sanz Villanueva, coord., 1999).

II. *PARA EL ESTUDIANTE*

Aldecoa, Ignacio: *Cuentos*. 10ª ed., Madrid, Cátedra, 1985.

La introducción de Josefina Rodríguez de Aldecoa presenta una entrañable reseña biográfica del autor en el contexto de su generación y propone una ordenación de los cuentos del autor en seis apartados: el trabajo, la guerra, la burguesía, los condenados, los viejos y los niños y, finalmente, los seres libres.

Barrero, Oscar, ed.: *El cuento español. 1940-1980 (Selección)*, Madrid, Castalia, 1989. Col. Castalia Didáctica, nº 23.

En la introducción a la antología, Barrero recorre la trayectoria y evolución del cuento, desde los primeros autores de posguerra, pasando por el neorrealismo de los 50 y el social realismo de los 60, hasta tiempos ya próximos al lector. Para cada época, empieza trazando un breve panorama de la narrativa en general como marco en el que se inscribe el cuento.

Francisco Ayala. Premio Nacional de las Letras Españolas. 1988, Madrid, Ministerio de Cultura, 1989.
Es un libro de homenaje al autor, acompañado de ilustraciones, en el que el lector encontrará una cronología básica y algunas de las críticas más conocidas sobre el autor y su obra. Se editó con motivo de la exposición sobre Francisco Ayala en la Biblioteca Nacional, cuyo comisario fue Andrés Amorós, gran conocedor de su obra.

Martín Gaite, Carmen: *Cuentos completos,* Madrid, Alianza Editorial, 1978 (6ª reimpresión, 1992).
La lectura de los cuentos de Carmen Martín Gaite es un ejercicio de revisión del pasado inmediato, entrando en el mundo particular de la autora, tan rico en detalles y tan sutil en la expresión de los sentimientos.

Martinell Gifre, Emma, coord.: *Al encuentro de Carmen Martín Gaite. Homenajes y bibliografía,* Barcelona, Universitat de Barcelona, 1997.
El volumen, profusamente ilustrado, recoge las conferencias y la mesa redonda organizadas por el Ministerio de Educación y Cultura con motivo de la concesión del Premio Nacional de las Letras Españolas a la autora en 1994. Especialmente interesantes los dos breves textos de Martín Gaite hablando de su propia obra.

Roma, Rosa: *Ana María Matute,* Madrid, E.P.E.S.A., 1971.
El libro presenta una antología de textos de la autora con un breve aparato crítico muy útil para estudiantes.

Procedencia de los textos

La selección de los cuentos para esta antología se ha realizado teniendo en consideración principalmente dos criterios: *a*) que, en conjunto, pudieran ser representativos de la narrativa del periodo de las dos décadas de posguerra y *b*) que fueran definidores del estilo narrativo de cada autor.

Para *The Last Supper*, de Francisco Ayala, que forma parte de *Historia de macacos* (1955), hemos seguido la edición de *Narrativa completa*, Madrid, Alianza Editorial, 1993, pp. 638-642.

El club de los mesías, de Camilo José Cela, que primero formó parte de *Esas nubes que pasan* y más tarde de *Nuevo retablo de don Critobita*, procede del Libro Primero de *Cuentos*, en *Obras completas*, Barcelona, Destino, 1964, vol. II, pp. 113-124.

La conferencia, de Miguel Delibes, es un cuento integrado en *La partida*. Se ha tomado de la 2ª edición, Barcelona, Luis Caralt Editor, 1981, pp. 165-174.

«*Chico de Madrid*», de Ignacio Aldecoa, formó parte de *Espera de tercera clase*. Se ha tomado de *La tierra de nadie y otros relatos*, prólogo de Ana María Matute, Biblioteca Básica Salvat, 1970.

La chica de abajo, de Carmen Martín Gaite, procede de *Cuentos completos y un monólogo*, Barcelona, Anagrama, 1994, pp. 261-279.

Finalmente, *La isla*, de Ana María Matute, se ha tomado de *Tres y un sueño*, Barcelona, Destino, 1993, pp. 49-62.

Preparó esta edición

Jesús Arribas es doctor en Filología Española y catedrático de Lengua y Literatura en Secundaria. Ha sido profesor de Didáctica de la Lengua Española y la Literatura en la Universidad Autónoma de Madrid. Autor de numerosos libros de carácter didáctico, ha publicado también ediciones de obras de Cadalso y Galdós para estudiantes. Su labor de investigador se ha dirigido, sobre todo, al estudio de las relaciones entre fiesta y literatura en el Siglo de Oro; también al estudio del narrador y periodista Ciges Aparicio. Ha publicado libros y artículos sobre ambos temas.

ESTE LIBRO
SE TERMINÓ DE IMPRIMIR
EL DÍA 2 DE SEPTIEMBRE DE 2000.